Eike M. Falk

Schwarz.Nacht.Schwarz

mit Texten von Lisi Schuur

© 2017   Eike M. Falk und Lisi Schuur

Herstellung und Verlag:
BoD - Books on Demand, Norderstedt
ISBN 978-3-7347-7837-7

花の色は
移りにけりな
いたずらに
我が身世にふる
ながめせしまに

Magie, sagte Nikk, und seine Augen leuchteten. Alles was wir brauchen ist Magie.

Nikk war ein Irrer. Aber wenn man ihn, Kevin, danach fragte, wer sein bester Freund sei, dann deutete er auf Nikk, der garantiert irgendwo in der Nähe stand und irre grinste. Und sagte: der da, der ists, der ist mein bester Freund. Und selbst wenn Nikk mal nicht in der Nähe stand, jeder, der um den Ohlsdorfer Friedhof herum wohnte, kannte Nikk. Nikk, der Irre, brauchte er da nur zu sagen, und alle nickten mit den Köpfen.

In der Grundschule wurden sie die besten Freunde, auf dem Gymnasium, jetzt, waren sie die besten Freunde, die besten Freunde würden sie bleiben bis einer von ihnen hops ging.

Wie er jetzt auf das Hopsgehen gekommen war, wusste er auch nicht so genau. Es war so ein Gefühl. Etwas Unbestimmtes. Als ob da was im Anzug wäre. Etwas Schwarzes. Ja. Genau. Etwas Schwarzes. Mehr war nicht zu erkennen.

Auch Nikk hatte nicht mehr sehen können. Nichts als das: Schwarz. Schwarz und Schwärzer.

Nur Magie konnte helfen. Magie. Der Irre. Sein bester Freund. Wenn man aus Steilshoop kam. Wenn man Kevin hieß.

Seine Eltern hießen Nicole und Henry. Herausgekommen war ein Kevin. Konnte nicht anders sein. Schicksal. Kismet. Scheiße.

Henry kam aus der Zone und Nicole war Bauchschmerzen. So viel Pillen konnte man gar nicht schlucken um das zu ertragen. Aber ein Pillenschlucker war er nicht oder nicht mehr. Das brachte nichts. So kam man nicht raus aus der Scheiße. Steilshoop. Henry hatte es nach Steilshoop verschlagen. Einen Zoni zog es immer zu den Plattenbauten. Und Nicole war schon da gewesen. Hatte dort auf ihn gewartet. Bauchschmerzen. Kevin. Und Steilshoop war ein Teil der Scheiße. Obwohl er Steilshoop gegenüber jedem anderen verteidigt hätte. Obwohl Steilshoop auch irgendwie geil war. In Steilshoop gab es die geilsten Graffiti von ganz Hamburg. Ein Teil davon stammte von ihm. Es war noch nicht das Beste, doch das würde es werden. Seine Graffiti würden die Besten von Steilshoop werden, seine Graffiti würden die Besten von ganz Hamburg sein, und dann ... Weiter mochte er nicht denken. Er war kein Narr.

Wobei er gleich wieder an Nikk denken musste. Nein. Der war auch kein Narr. Ein Irrer, aber kein Narr. Das machte einen Unterschied.

Wo?

Wo sind wir?

Wo …

Nicht lange nachdenken …

Schnell …

Die Treppe … dort hinauf!

Schnell!

Es war Nacht. Kein Mond leuchtete. Stockfinster. Ich stand da. Dann fielen sie vom Himmel. Aus der Finsternis. Sieben waren es. Ganz leicht rollten sie ab, als ob nichts wäre. Sie alle trugen schwarze Gewänder, ein schwarzes Band um den Kopf, mit roten japanischen Schriftzeichen darauf. Um die Hüften hatten sie ein schwarzes Tuch geschlungen, darin steckten ihre Schwerter, Katanas. Es ging alles ganz schnell. Sie riefen sich etwas zu. Japanisch. Das wusste ich. Aber ich konnte es nicht verstehen. Dann stürmten sie eine Treppe hinauf. Oben stand eine gotische Kathedrale. Man konnte sie kaum erkennen. Ein schwarzer Klotz in der Dunkelheit. Und ein Portal. Sie stürzten da rein. Und dann, wie ich noch am Überlegen war, was ich tun sollte, kam Saskia angerannt. So schnell, dass ihr Haar wehte. Ihr blondes Haar: ein totenbleicher Streifen in der Schwärze der Nacht. Auch sie stürmte die Treppe hoch.

Durch das Portal. Ich dachte nicht länger nach. Stürzte hinterher. Die Treppe hoch. Durch das Portal.

Alles wurde anders. Immer noch Nacht. Aber anders. Ein Park. Zikaden. Ein Garten. Ein japanischer Garten. Ein Wasserfall. Ein Teich. Ein steinerner Drache. Der Kies knirschte unter meinen Füßen. Ich musste niesen. Die Zikaden. Der knirschende Kies. Und es gab einen Mond. Der leuchtete. Dann der Aufprall von Stahl auf Stahl. Schreie. Durchdringende Schreie. Ein Kampf. Ich musste da hin. Sicherlich waren es die von vorhin. Die, und irgendwelche Anderen. Katana prallte auf Katana. Schreie. Chi! Chi! Das verstand ich: Blut! Blut!

Dann stand Saskia neben mir. Sie nahm meine Hand. Alles wurde rot. Sie zerhieben sich. Blut. Überall Blut. Blut spritzte. Finger, Hände, Arme flogen durch die Luft. Blut. Überall Blut. Sie zerhieben sich. Keiner blieb übrig.

Hachiro!!!

Ja, Meister!

Wo sind sie hin?

Ich ... ich weiß es nicht ...

Die Falle war perfekt geplant.

Ich ... ich weiß, Meister

Und ...!?

Sie ... sie waren plötzlich weg ...

Und ...?

Was – und?

Warum ich? fragte Saskia scharf, während sie mit beiden Händen ihr Blondhaar hinter die Ohren strich. Willste mit mir Händchen halten?

Nikk schauderte. Um nichts in der Welt. Der letzte Typ, von dem er wusste, dass er mit ihr Händchen gehalten hatte, war in der Alster gelandet. Hatte sich die Pulsadern aufgeschnitten und in der Ohlsdorfer Schleuse versenkt.

Karpfenfutter. Nie im Leben ...

Keine Ahnung ...

Ist doch krank ...

Seitdem er mit dieser Manga-App rummacht dreht er völlig ab, schlug Kevin halbherzig vor. Er erntete zwei gelangweilte und einen wütenden Blick.

Und du willst wirklich mit mir Händchen halten? gurrte Saskia. Und SuZa kicherte, gluckste.

Nikk wurde wütend.

Ihr versteht nichts! Nichts! Das sind Ninjas, Straßensamurai. Und die Anderen – Jakuza. Was weiß ich ... Und sie kommen, vielleicht sind sie schon da. Die Ninjas, da bin ich mir sicher, sind schon da. Die Anderen – weiß ich nicht …

Aber sie haben sich doch alle selbst zerlegt, hast es eben noch gesagt, wandte Kevin ein.

Das war im Traum. Das war doch nur im Traum. Das war noch nicht. Und wir müssen verhindern, dass es dazu kommt. Das wird unsere Aufgabe sein. Sie sind da. Sie sind da draußen irgendwo. Und wir müssen ihnen helfen.

Diese Ninjas, fragte SuZa, während sie mit einer Rasierklinge, die sie in der linken Hand hielt, zärtlich über ihren rechten Unterarm strich, was weißt du denn noch von denen?

Nicht mehr als mir der Traum zeigte. Es waren Sieben, und sie waren jung, so in unserem Alter, und es waren Mädchen und Jungs, ich weiß aber nicht wie viele Mädchen und wie viele Jungs, es ging einfach alles viel zu schnell …

Wenn das Realität werden könnte, was du da geträumt hast, meinte Kevin, dann sind das ganz schön schlimme Finger, mit denen wir es da zu tun kriegen, ich meine diese Anderen, die da hinter deinen Ninjas her sind ...

Na und, murmelte SuZa schläfrig, und schabte an ihrem Unterarm weiter.

Na und, betonte Saskis scharf, und streifte ihr Blondhaar zum x-ten Male hinter die Ohren.

Schon gut ... Kevin gab klein bei.

Aber: Scheiße! sagte er. Scheiße! Scheiße! Scheiße!

... verschwunden.

Wohin?

Ich ... ich weiß es nicht ...

Finde es heraus!

Aber ... Meister ...

Finde es heraus!!!

... Meister ...

Du hast 24 Stunden Zeit!

Ein echter Vampir fürchtet das Tageslicht.
Wer sagt denn das?
Eine allgemein bekannte Tatsache.
Ach ja?
Ja!

Das übliche Gezeter. Kevin war in der Sonne eingedöst. Jetzt blinzelte er. Sein Kopf ruhte an der Wand des Mausoleums der Familie Brunnstein. Es war immer gut zu wissen, bei wem man zu Besuch war.

Das waren alles Spinner. Und er war der Oberspinner. Weil er sich mit diesen Spinnern einließ. Die auch noch irre waren, nicht nur Nikk, alle vier waren sie irre, er schloss sich da nicht aus, jeder für sich war irre, jeder auf seine Weise. Und sie waren Außenseiter, alle vier, daher war es wie von selbst gekommen, dass sie eine Clique gebildet hatten. Ein Wunder nur, dass es hielt, all die Jahre gehalten hatte. Ein Haufen irrer Spinner.

Saskia zum Beispiel. Die war nicht nur irre, die machte auch alle irre. Die schönste Frau diesseits und jenseits der Alster. So viel stand fest. Aber daran lag es nicht.

Sie hatte den Charakter einer Amöbe. Also Null. So sah er das. Und sie war kalt wie eine Amöbe. Immer vorausgesetzt, dass er den Amöben damit nicht böse Unrecht tat. So sah er das.

Zwei Jungs hatten sich ihretwegen umgebracht. Zwei, soviel er wusste. Der Erste hatte sich mit der Pistole seines Vaters erschossen, der Zweite hatte sich die Pulsadern aufgeschlitzt und war dann in die Alster gesprungen.

Kein schlechter Schnitt für eine 17-jährige.

Sich vorzustellen, was da noch alles kommen würde ...

Es hatte jemand gewagt sie darauf anzusprechen. Es sei ihr egal, hatte sie geantwortet. Jeder sei für sich selbst verantwortlich.

Eiskalt.

Eigentlich – gab er ihr Recht. Auch ihm war es egal. Solange er selbst sich davor hütete sich in sie zu verlieben. Das würde seinen Untergang bedeuten. Er wusste das.

Einmal war er kurz davor gewesen. Einmal oder immer. Er musste höllisch aufpassen.

Sie machte sich sowieso nichts aus ihm. Sie waren gleichalt. Für sie war er ein Baby. Ohne Interesse. Was ihn natürlich nicht daran hindern würde sich in sie zu verlieben. Wenn er nicht aufpasste. Wenn er nicht höllenmäßig aufpasste.

Auch aus seinem Sprayen machte sie sich nichts. Das war Nichts für sie. Und er musste zugeben, dass ihn das kränkte.

Ziemlich sehr. Das tat sie absichtlich so. Oder?

Er musste höllisch aufpassen.

Außerdem gab es genug andere Mädchen, die auf Sprayer standen. Trotzdem …

Sieben sind es. Diese Sieben:

Ayaka – Farbenfrohe Blume

Majikku – Die Magische

Mizuki – Schöner Mond

Natsuko – Sommerkind

Akito – Kleiner Teufel

Daichi – Erde, Große Weisheit

Kenchin – Herz des Schwertes

Die Kuschelvampire von Hollywood meinst du wohl. Die umfallen, wenn sie nur einen Tropfen Blut sehen.

Ich weiß überhaupt nicht, wovon du redest.

Das ist typisch. Typisch ist das mal wieder. Du interessierst dich für gar nichts.

Weils Quatsch ist.

Oh nein, das ist es nicht.

Es geht uns alle an.

Es wird uns alle angehen, wie ich das sehe. Die richtig Heftigen natürlich, die, denen das egal ist ob der Mond oder die Sonne scheint.

Ach, und wo steht das?

Das muss nicht stehen. Das ist einfach so, du musst es einfach nur wissen. Und ich weiß es.

Das Gezeter setzte sich fort. Kevin blinzelte.

Dieses Portal ...

Ich weiß.

Es sollte nicht da sein.

Ich weiß.

Und doch ...

Wir müssen hindurch.

Hinein.

Die Augen waren es. Ihre Augen waren es, die ihn erschütterten.

Oder waren es gar keine Augen?

Weiße Höhlen waren es.

Wie konnten Höhlen weiß sein?

Und doch so weiß.

Weiß, dass es blendete.

Es fraß seine Augen auf. Dieses Weiß ihrer Augen fraß seine Augen auf.

Er spürte den Schmerz.

Der sich in seine Augen fraß.

Er sah nichts :: mehr :: nichts.

Sie stammen
aus dem kleinen Ort 甲賀市

Präfektur 滋賀県

Ein Ort, der – von je her –

Ninjas ausbrütet wie Dunst

der von der See die Berge
hinaufkriecht

wo die Berge und die See

sich verdichten

zu Magie!

Das war, was Shelley gefühlt haben musste
...
Aber nein, der Lord Byron ...
Sie saugen so viel Blut in sich auf, dass es ihnen aus den Augen rinnt, aus den Ohren, aus allen Poren.
Ich bin das Licht der Finsternis ...
Nein, nein, das siehst du einfach nicht richtig.

Die Sonne blendete. Kevin nahm den Kopf vom Stein. Sie ließen die Flasche rumgehen. Rotwein. Teurer Burgunder. Wie üblich. SuZas Vater besaß einen berühmten Weinkeller.
Das Licht der Finsternis ist irgendwie totaler Quatsch.
Wieso das denn jetzt?
Weils totaler Quatsch ist. Das ist ein Widerspruch in sich selbst.
Dann eben Herz der Finsternis ...
Das ist banal. Das hat es schon gegeben.
Natürlich. Weil es das immer schon gegeben hat und geben wird.
Ach, jetzt hab ichs. Conrad, ja? Marlon Brando und so ...
Na klasse, da schnallt einer mal was.

Aber nein, nein, das ist etwas ganz anderes, das hab ich nicht gemeint, das Licht der Finsternis …

Aber wie immer, wenn SuZa erregt war, verhaspelte sie sich. Sie zog eine Rasierklinge aus einer verborgenen Tasche ihres schwarzen Samtkleides und fuhr damit über die Rückseite ihres Unterarmes. Der war vom Knöchel bis zum Ellenbogen mit mehr oder minder vernarbten Strichen gezeichnet.

Genüsslich fügte sie einen neuen hinzu.

Nein, ihre Hände zitterten nicht, obwohl sie so erregt war. Das eine hatte mit dem anderen nichts zu tun.

Sie führte den Arm zum Mund und schlürfte das Blut. Mmmh!

Und für einen Moment ließ sie eine blutrote Zunge zwischen schwarzbemalten Lippen blitzen.

Dann nahm sie Kevin die Weinflasche aus der Hand, spülte nach, reichte sie gleich an Nikk weiter, lehnte sich zurück und machte sich wieder über ihren Unterarm her.

Nikk trank einen Schluck, reichte die Flasche an Saskia weiter. Dann sprang er in die Bresche.

Das Licht der Finsternis, sagte er, leuchtet heller als jedes andere Licht, das ist kein Widerspruch, es ist das Licht an sich, das eigentliche Licht, das Licht, das Licht erst schafft, das ist wie ein schwarzes Loch, das Licht schluckt ...

Ja. Aber ist ja noch da. Nur viel, viel intensiver.

Es ist falsch.
Wir sollten nicht hier sein.

Aber wir sind.

An einem anderen Ort.

Wir alle wissen das.

In einer anderen Zeit.

Wir wissen es.

Nur wie, wie …

Du warst es, nur du konntest das …

Gekrümmte Zeit.

Sie krümmt sich um sich selbst.

Eingeschlossen. Geschlossener Kreis.

Nichts dringt nach außen. Nichts kommt

hinein. Abgekapselt. Verloren. Einsam.

Ganz und gar verloren. Du bist eine

Roche-Grenze, eine Singularität. Du bist

eine unendliche Anzahl von Punkten in

einer unendlichen Anzahl von Punkten.

... bewirken.

Als sie auf uns zukamen. Von allen
Seiten.

Als keine Hoffnung mehr zu bestehen
schien.

Da, in diesem Moment, da musst du
einen
Riss in die Zeit getan haben, da musst
du diesen Spalt geöffnet haben, der
uns entkommen ließ. Du weißt das,
Majikku, ich sehe es dir an.

Ja, Daichi, ich weiß es. Es kann nicht
anders sein. Da war keiner mit Magie
auf ihrer Seite, nicht solche Magie,
nur ich ... aber ich weiß nicht wie. Ich
hätte nie gedacht, dass ich solches
vermochte ...

Wer hat das gesagt?

Wer hat was gesagt?

SuZa lutschte immer noch an ihrem Unterarm.

Kevin glaubte nicht, dass überhaupt noch Blut in ihr drinne war.

Aber SuZa war in Ordnung so wie sie war. Wie auch immer sie war …

Singularität?

Hatte jemand was von Singularität

gesagt?

Hatte Nikk was von Magie gesagt?

Hatte Nikk jemals was von Magie gesagt?

Oder würde er je etwas von Magie sagen?

Vermagst du den Spalt wieder zu
öffnen?

Nein. Ich habe es versucht.
Es geht nicht.

Also werden wir niemals zurückkehren
können?

Ich weiß es nicht.

So sind wir Gefangene, hier ...

In einer anderen Welt.

In einer anderen Zeit.

Doch wir leben.

Ich bin die Beste. Diesseits und jenseits der Alster. Jetzt schon. Und ich werde immer noch besser werden.

Unsere Kunstlehrerin hat eigene Ambitionen. Luftblasen. An mich kommt sie nicht ran. Sie weiß das. Deshalb fördert sie mich. Uneigennützig, wie sie sagt. Lächerlich. Ich bin ihr haushoch überlegen. Sie himmelt mich an. Ihre Entdeckung. Kleingeist. Soll sie. Soll sie sich sonnen. Wird sie in 50 Jahren im Altersheim noch erzählen: DIE habe ich entdeckt. Lachhaft. Zum Davonlaufen. Das ist alles, was ihr das Leben bringen wird. Mir soll das Leben alles bringen. Alles! Auch wenn es jetzt noch nicht danach aussieht. Oder doch nur ungefähr. Diese Irren, mit denen ich mich abgebe. Aber sie sind immer noch besser als die anderen Luschen alle. Tim, der an meinen Schuhen hängt wie ein Welpe. Der spielt überhaupt keine Rolle. Aber ich brauche das, ich gebs ja zu, ich brauche das. Und wenn der nicht, dann ein anderer, davon gibts genug. Nein, die drei Irren, sie sind die Würze in meinem Leben.

Vorübergehend.

SuZa in ihren ewigen schwarzen Klamotten. Und die Jungs! Abgewetzte Kapuzenjacken und Camouflagehosen. Selbst wenn ich nur Jeans und ein einfaches Top trage, mache ich mich unter ihnen aus wie eine Prinzessin, die sich in ein Räuberlager verirrte. Aber es gefällt mir, dieses Räuberlager. Vorübergehend. Vorübergehend fällt mir nichts Besseres ein. Und SuZa ist meine beste Freundin. Meine einzige Freundin. Okay, ich mag sie, ich mag sie wirklich, das verrückte Huhn. Und ihren Freund würde ich gerne mal kennenlernen, John, den englischen Fotografen, mit ihm über seine Arbeiten plaudern. Das ist ganz schön schräg, was der da macht, alles in Schwarzweiß, aber gut, sehr, sehr gut. Er kommt aus Manchester, wie SuZas Mutter. Dort hat SuZa ihn auch kennengelernt. Ganz selten mal kommt er nach Hamburg. Dann taucht sie mit ihm ab. Wir bekommen ihn nicht zu Gesicht. ICH bekomme ihn nicht zu Gesicht. Sie versteckt ihn vor mir. Denkt sie, dass ich ihn ihr wegnehmen würde? Das würde ich doch nicht tun. Ich möchte doch nur mal mit ihm plaudern. Das

verrückte Huhn. Mit ihrem Smiths und Morrissey-Tick. Und ihrer Vinyl-Sammlung. Die hat sie von ihrer Mutter geerbt. Und ausgebaut. The Smiths und Manchester. Ein Tick. Aber der steht ihr gut. Auch das verrückte Zeug, das sie schreibt. Und dass sie sich immer ritzt mit den Rasierklingen. Sie ist eine Autistin, klarer Fall. Meine beste Freundin. Meine einzige Freundin.
Und ich würde doch gerne einmal mit ihm plaudern ...

(_ ^ _)

Meister, wir verneigen uns …

Nun!?

Meister, ich …

Sprich!!

Meister, ich habe Spähtrupps
ausgesandt. Sie durchkämmten die
ganze Kii-Halbinsel. Und sie suchen
noch …

Das heißt …?

Keiner hat sie mehr gesehen …

Der Friedhof war ihr Friedhof. Das war so. Der viertgrößte Friedhof der Welt. Rein flächenmäßig betrachtet. Mit Sicherheit aber der Schönste. Er war ein Parkfriedhof, das war, was den Unterschied machte. Das Nonplusultra.

Klar, der Wiener Zentralfriedhof war auch nicht schlecht. Nikk schnalzte mit der Zunge. Er kannte sich aus. Niemand kannte sich so gut mit Friedhöfen aus wie er. Über drei Millionen Tote. Da kamen wir nicht mit. Wir hatten mal gerade halb so viele, so eben ...

Die Wiener hatten ihre Hanserl, das waren die Eichhörnchen. Aber die Ohlsdorfer Gänse waren unschlagbar.

Aber egal. Es war ihr Friedhof. Ganz und gar. Und er war der geilste von allen.

Die geköpften Hähne waren Kinderkram.

Für sie galten ganz andere Kriterien.

Dies ist ein guter Ort um sich zu verbergen.

Ein Ort der Toten ist es, ja?

So sieht es aus.

Er ist groß, weitläufig.

Es gibt viel Wald und unzählige Schreine.

Denkt ihr nicht, dass sie gerade hier nach uns suchen werden?

Sie werden überall nach uns suchen.

Und sie werden uns überall finden …

Sie nannten es das Yoshino-Komplott. Es war diese andere Welt. Da waren Risse. Aber durch die Risse drang nichts. Es war wie der Riss im Mörtel eines Hauses. Da drang nichts durch. Oder doch nicht so, dass irgendeiner etwas merkte. Bis sich da was tun würde, konnten Jahrmillionen vergehen. Und doch gab es welche, die was merkten. Nein – die es wussten.

Oder – doch einiges. Ahnten …

Nein – mehr als das. Es gab die Möglichkeit, die Risse zu öffnen.

Wie einen Reißverschluss.

Es gab welche, die das tun könnten.

Es gab welche, die das tun wollten, die das tun würden.

Sie hatten davon gesprochen.

Sie nannten es das Yoshino-Komplott.

Doch wer sie waren … Nikk schüttelte den Kopf. Er hatte sie nicht gesehen, nicht so genau. Es waren nur Schemen gewesen, Schatten. Es bargen sich furchtbare Schrecken dahinter, in dieser anderen Welt. Furchtbare Schrecken.

Man musste nur den Reißverschluss öffnen …

Sie waren der Friedhof. Sie ließen die Burgunderflasche kreisen.

Diese Jammergestalten, die nachts hierherkamen, um ihre schwarzen Messen abzuhalten.

Geköpfte Hähne ... Spielkram ...

Sie kannten ganz anderes. Sie waren ganz anderes gewohnt. Sie hatten ganz andere Bekanntschaften gemacht. Hier.

Oh ja ...

Sie hatten keine Angst. Alle Vier nicht.

Sie würden warten.

Einfach nur warten.

Ja. Das fürchte ich auch.

Ihre Macht ist groß.

Sie werden einen Weg zu uns finden.

Und was sollen wir tun?

Wir werden auf sie warten.

Dies ist ein guter Ort um zu kämpfen.

Und zu sterben.

Das auch.

Du öffnest deine Hand. Und es wächst eine Blutblume daraus hervor. Sie wächst. Und sie öffnet ihre Blüten. Eine Fontäne roten Blutes. Verzückt starrst du darauf. Und schwindest. Du schwindest dahin ...

Schweigen.
Langes Schweigen.

Fainting. Murmelte Nikk. Ich habe dieses Wort immer schon geliebt, gleich als ich es das erste Mal hörte.
Oh yes – fainting. Murmelte SuZa verzückt. Und schloss die Augen.
Und ... wollte Kevin wissen.
Eisiges Schweigen. Alle wussten Bescheid. Alle wussten, was jetzt kommen würde.
Wie? Zischte SuZa. Und staunte ihr iPhone an, als ob es von einer anderen Welt stammen würde.
Das wars. Sagte sie.
Und alle wussten natürlich, dass es das war. Auch Kevin hätte es wissen müssen. Wissen sollen, dürfen ... wusste es.
Und trotzdem fragte er immer wieder nach. Nie schreibst du was zu Ende,

quengelte er, nie gibt es einen richtigen Schluss bei deinen Geschichten ...

Ja, aber was spricht denn dagegen, dass der Schluss offen bleibt? Es ist doch alles gesagt ...

Fainting ... flüsterte Nikk.

Ja, aber, versuchte sich Kevin erneut. Ist sie denn nun ohnmächtig geworden oder an Blutverlust gestorben?

Na, das zu entscheiden bleibt nun dir überlassen ...

Und außerdem, wandte Nikk ein, ist es doch gar nicht ausgemacht, ob es sich um eine Sie oder einen Er handelt ...

Ganz recht. Flüsterte SuZa siegessicher. Du siehst – es ist alles drin, alles offen ...

Und so soll das sein. Sagte Saskia.

Und warum auch nicht? War es nicht immer so im Leben? Alles offen, alles möglich, alles konnte sein, alles konnte geschehen ...

So waren die Texte, die SuZa schrieb. Geschichten konnte man sie kaum nennen. Es waren immer solche kleinen Stückchen, Momentaufnahmen, schnell ins iPhone getippt, flüchtige Gebilde, wie aus der Luft geschnappt, aus dem Äther, so schrieb sie, SuZa, und las es den anderen vor, und immer kam Kevin mit seinen Einwänden, da ist kein Schluss, da ist kein Schluss, kein Schluss ...

Das war wie zu einem Ritual geworden. Und sie genossen es, alle miteinander, am Grabstein lehnend, im Gras, am Ufer eines Sees, an einem ihrer Lieblingsplätze ...

Dunkel. Vielschichtig.

Kleine Preziosen.

Licht in der Finsternis.
Licht der Finsternis?

Geh! Finde heraus woher sie kommen.
Aus welcher Präfektur. Aus welcher
Stadt. Aus welchem Dorf.

Meister ...

Du wirst das nachprüfen, ja?

Meister ...

Ich will wissen, wer sie sind. Ich werde
dir Bluthunde mitgeben. Die Besten.

Ja, Meister ... ich ...

Am ersten Tag der Goldenen Woche
erwarte ich deinen Bericht.

Ich habe noch etwas geschrieben. Sagte
SuZa. Ich lese es euch mal vor:

Ihre Beine sind gespreizt
zwischen ihren Schenkeln
windet sich
die Schlange
umschlingt ihre Hüften
richtet sich
hoch empor
über ihren Rücken
streift ihr
durchs Haar
zur Schulter geneigt
über ihren Hals
züngelt
sie
will

Schweigen.
Langes Schweigen.

Es könnte sich auch um einen Drachen
handeln.
Wie kommst du jetzt da drauf?
Wegen der Japaner, stimmts?
Ja. Wahrscheinlich.
Es ist das Blut, das ganze Blut, das macht
einen ganz verrückt.

Blut macht einen immer verrückt.

Ich denke, wir sollten erstmal ne Nacht drüber pennen. Vielleicht sehen wir dann klarer.

Es wird etwas geschehen.

Was?

In dieser Nacht wird etwas geschehen.

In jeder Nacht geschieht etwas.

Nicht so …

So scratch my name on your arm with a fountain pen.

Wir sollten uns einrichten, hier.

Wir sollten uns vorbereiten.

Es sind viele Pilger unterwegs ...

Nein. Von ihnen dürfen wir nichts nehmen. Es wäre zu auffällig.

Du hast Recht. Nahrung gilt es anderswo zu finden.

Und wir müssen beobachten.

Sehr genau.

Ihr schauderte.

- Nein! -

Einen solchen Augenblick der Schwäche durfte es nie wieder geben.

Die 43-jährige wurde leichenblass.

Auf der Schwelle machte sie kehrt.

Verließ das Standesamt.

Ließ ihn da sitzen. Sie verschwand.

Es gibt unendlich viele Tote.

Rehragout, meine ich, warum bin ich nicht gleich darauf gekommen.

Für einen Moment lüftete sich der Schleier.

Ich hatte ein vierschrötiges Kind erwartet
und war angenehm überrascht einen
Mann vorzufinden, ordentlich im Anzug.

Nein! Der Blutverlust ist zu überwältigend!
Ich muss hier raus!

6lover 4lover letter to love U all

Was soll das?
Das führt nirgendwohin.
Nichts muss irgendwo nirgendwo hin
führen, und doch …
Es geht.

(_ ^ _)

Meister, wir verneigen uns …

Erhebe dich! Sprich!!

Meister, wir haben es überprüft.
Sie stammen aus dem Dorf 甲賀市,
Präfektur 滋賀県. Sie sind Ausreißer,
allesamt. Ninjas in der Ausbildung.
Ihre Familien vermissen sie.

Und doch haben sie es zu hoher
Kampfkunst gebracht. Wie anders
hätten sie so störend wirken können?

Ja, Meister. Da gibt es einiges … wie
soll ich sagen …

Sprich!!

SuZa

Saskia hat mich beobachtet, vorhin. Die ganze Zeit. Was ist los mit ihr? Was soll schon los sein mit ihr. Sie versteht mal wieder nichts. Sie versteht nie irgendwas. Und wenn sie was versteht, versteht sie falsch. Saskia. Meine beste Freundin. Meine einzige Freundin. Schön ist sie. Malen kann sie. Zeichnen kann sie. Das wars. Sie ist eine Autistin mit Asperger-Syndrom und Inselbegabung. So sehe ich das. Und ich denke, ich sehe es richtig. Malen und Zeichnen. Darin geht sie auf. Sonst interessiert sie nichts. Die Jungs, mit denen sie geht – interessieren sie nicht. So viele – einfach nur, weil sie schön ist. Reiner Zufall. Wäre sie nicht schön, würde es sie genau so wenig interessieren. Zwei haben sich ihretwegen umgebracht. Sie hat das kaum so nebenbei wahr-genommen. Interessiert sie nicht. Ihr Problem. Fertig. Aus. Der, mit dem sie jetzt geht – Tim, ja? Tim heißt er. Ist vom GOA. Alsterredder. Sieht gut aus. Reiche Familie. Sie nimmt das so hin. Beiwerk. Armer Kerl. Der kann einem jetzt schon leidtun. Und das alles nur weil sie schön ist. Eine schöne Autistin. Aber ich mag sie. Ich mag sie wirklich. Trotz allem. Und obwohl sie nichts versteht. Nichts. Sie versteht Nikk nicht. Sie versteht Kevin nicht. Sie versteht mich nicht. Alle anderen sowieso nicht. Sie zofft sich mit allen und jedem. Eigentlich hat sie nur uns drei, weil, ihre jeweiligen boyfriends, die zählen nicht. Aber uns versteht sie auch nicht. Weil sie nicht will. Oder vielmehr: weil sie nicht kann. Weil sie eine Autistin ist. Mit Asperger und Inselbegabung. Es ist eine große Insel. Das muss man schon sagen. Und das Verrückte ist – sie malt, sie zeichnet genau das, was Nikk sieht. Sie versteht ihn nicht, sie glaubt ihm nicht, sie hält ihn für komplett irre – aber sie zeichnet genau das, was er sieht. Und wie sie das zeichnet, wie gut, wie von innen heraus. Und darum mag ich sie so. Sie versteht es nicht, aber es steckt in ihr drinnen, ganz tief. Und wenn sie malt, wenn sie zeichnet, dann kommt es herauf. Und Nikk ist ein Seher, da gibt es überhaupt kein Vertun. Manchmal nenne ich ihn Fiver. Und Kevin und Nikk, die verstehen mich. Nur Saskia natürlich nicht. Zu ihrem letzten Geburtstag habe ich ihr ´Watership Down´geschenkt. Ich hatte gehofft ... Nach ein paar Tagen habe ich nachgefragt. Offen gestanden – ich kann damit nichts anfangen. Hat sie gesagt. Hallo! Wie kann man mit ´Watership Down´ nichts anfangen können? Aber das ist typisch. Typisch. Stattdessen schleppt sie in letzter Zeit so ein Soziologiebuch mit sich rum: ´Warum Liebe weh tut´. Als ob Liebe ein soziologischer Faktor sei. Aber das ist auch wieder so eine Insel. Von anderen Büchern will sie nichts wissen, aber das kennt sie in- und auswendig. Sie hat sogar Illustrationen dazu gezeichnet. Die hat sie mir gezeigt. Völlig abgedreht. Nein. Abartig waren die. Nein. Liebe ist kein soziologischer Faktor. Liebe ist. Was denkt die sich? Was dreht sich in ihrem Kopf? Aber sind wir nicht alle irgendwie abgedreht? Und was spricht dagegen? Mich stört es nicht.

Mit der Schlange vorhin, das war komisch. Vielleicht hätte ich das nicht auch noch vorlesen sollen. Angeben wollte ich nicht damit. Obwohl ich es richtig gut finde. Nein. Es musste aus mir heraus. Irgendwas hat mich dazu getrieben. Irgendwas ist wichtig. Eine Schlange mit Drachenkopf. Irgendwas muss da dran sein. Aber ich komme nicht drauf. Wir hätten uns länger darüber unterhalten sollen. Aber Kevin wollte weg. Sprayen gehen, wahrscheinlich. Mit Nikk im Schlepptau. Das ist blöd. Wir hätten was rausfinden können. Alleine komme ich nicht drauf. Das ist blöd, blöd ...

Meister.
Sie alle sind von niederer Herkunft.
Sie alle haben eine einfache
Ausbildung
erhalten. Und doch ...

Ja!?

Und doch ist da etwas an ihnen,
alle reden davon, von einem Auftrag,
der ihnen auferlegt, und doch weiß
keiner genauen Bescheid zu geben ...

Und?

Es ist eine unter ihnen, die über große
magische Fähigkeiten verfügt.
Alle sagten es so:
Große magische Fähigkeiten.

Saskia

Ich muss diese Schlange zeichnen. Nein. Die Schlange ist es nicht. Tim wollte mit mir ins Kino gehen. Tim kann warten. Geh ich am Wochenende mit ihm. Da freut er sich. Die Schlange ist es nicht. Die Wächter sind es. Was für Wächter? Ich werde sie zeichnen. Ich habe sie genau im Kopf. Ich werde sie zeichnen. Gleich. Jetzt.

Spinnen die? Spinnen die alle? Spinne ich auch? Manchmal denke ich, dass ich auch spinne. Genauso abgedreht bin wie die. Na wenn schon. Ich bin eine Künstlerin.

Die Wächter sind im Wald verborgen. Sie spähen unter den Bäumen hervor. Aus dem Laubwerk. So muss ich es zeichnen. So wie es ist. Sie sind da. Hat Nikk gesagt. Der irre Spinner. Der spinnt nur. Ein Wunder, wie der in der Schule mitkommt. Aber er kommt mit. Das weiß kein Mensch wie das geht. Und Kevin? Der ist in mich verliebt, oder? Und er wehrt sich. Oh, wie süß – er wehrt sich. Ich könnte ja. Aber ich tu nicht. Ich bin einfach zu gut. HaHa. Und sie sind alle gleich, einer wie der andere.

Chauvis. Denken, nur weil ich eine Künstlerin bin ... ein eingebildetes kleines Schulmädchen ... Die können mich alle mal. Ich könnte ja so gemein sein. Wenn ich wollte ... Will aber nicht. Nein. Kevin lass ich in Ruhe. Der soll sehen wie er klarkommt. Der zieht los und sprayt irgendeinen Scheiß. Meint er, dass ich das toll finden soll? Dass ich ihn als Künstler anerkenne? Was bildet der sich ein! Ich bin eine Künstlerin. Ich. Und ich werde diese sieben Wächter zeichnen. Nein – acht. Wieso acht?

Ah ... darum hat unser hoher
Auftraggeber
sie haben wollen ...
Das ärgert mich.
Man hätte uns informieren sollen.
Dann wären wir vorbereitet gewesen.
Das ärgert mich.

Meister ...

Nun!

Wenn der Schüler das Wort ergreifen
darf?

Sprich!

Meister.
Was wäre, wenn der hohe
Auftraggeber
nichts davon wüsste ...?

Kevin

Kevin sprayte sein K. Schwarze Umran-
dung. Und darinnen ein Drache. Giftgrün.
Mit Flügeln, Klauen. Alles dran. Und im
oberen rechten Bogenausgang ein
Drachenkopf. Ja. Das war es.
Er wusste, er hatte seinen Style gefunden.
Jetzt. Hier.
Hier, am Treppenaufgang zum Parkdeck.
Hier wars genau richtig. Hier konnte es
jeder sehen. Musste es jeder sehen. Er
drehte sich um.
Nikk saß auf der Betonbrüstung von etwas,
das mal ein Stück Grünfläche war, oder
hätte werden sollen. Da war aber nur
dunkelgraue Erde, rissig, klumpig, fest-
gestampft, da wuchs nichts.
Er drehte sich zu seiner neuen Schöpfung
zurück. Gelungen. Der Körper einer
Schlange und doch ein Drache.
Asiatische Drachen haben einen schlanken
Körper. Wie Schlangen. Sagte Nikk.
Kevin war kein Stück erstaunt. Er kannte
Nikk. Das war keine Hellseherei. Nikk
konnte sich einfach in die Gedanken von

anderen Menschen versetzen. Pure Konzentration. Nikk konnte das.

Die Sonne machte sich flach über Alsterdorf.

Du kannst zu uns zum Essen mitkommen, sagte Nikk.

Das war eine gute Idee. Kevin hatte jetzt keinen Bock auf Henry und Nicole. Gerade jetzt nicht. Wo er seinen Style gefunden hatte.

Du wirst große Bilder machen, richtig große. Sagte Nikk.

Du meinst ...?

Nein. Vom Format her. So weit bist du noch nicht. Bleib auf dem Boden. Da fehlt noch so einiges. Aber das wird. Reine Übungssache.

Nikk hatte Recht. Er würde auf dem Boden bleiben. Er hatte nur mal kurz abgehoben. Nur, dass ausgerechnet Nikk das hatte sagen müssen, wo er doch ... Aber auch das stimmte. Abheben war Nikks Sache. Seine Art von Abheben. Und auch das wollte gelernt sein, oder vielmehr ... beherrscht werden. Und wie. Was, wenn nicht das? Und es war wichtiger denn je. Auch dass er richtig abhob. Darauf kam es an. Und er würde ihm helfen. Sie alle würden ihm helfen. Er würde schon darauf achten. Scheißjakuza, oder was da auf sie zukam …

Okay, ja, sagte Kevin. Lass uns essen gehen.

Die Sonne verschwand.

Du bist klug, Hachiro, klug bist du ...

Wir werden es in Erfahrung bringen
müssen.
Vieles hängt davon ab. Alles.

Geh du.
Geh alleine.

Ich gebe dir ein Siegel, das dir Zutritt
verschaffen wird.

Mische dich unter die Höflinge.
Finde heraus, was herauszufinden ist.

Du hast mein Vertrauen.
Enttäusche mich nicht.

Nikk

Sieben, sieben, nein – acht. Und die Schlange. Nein, der Drache. Nein, damit hat es nichts zu tun. Oder doch – ja. Aber nicht jetzt. Noch nicht. Acht, acht – das ist es. Darauf kommt es an. Aber wieso? Es waren doch Sieben. Da bin ich mir ganz sicher. Sieben waren es. Acht. Die Acht und die Vier. Die Vier, das sind wir. Vier und Acht. Macht Zwölf. Nein, das ist nicht wichtig. Das Und. Auf das Und kommt es an. Die Vier und die Acht. Die Acht und die Vier. Das sind sie. Das sind wir. Nur gemeinsam ... Wir müssen sie finden ... Die Wächter ... Wir müssen uns zusammenschließen.

(_ ^ _)

Meister …

Erstatte deinen Bericht!

Ich habe gelauscht, Meister, und ich
habe gefragt.
Sie haben sie haben wollen. Alle
Sieben.
Von einem Auftrag war die Rede.
Erneut. Von einem Auftrag, den sie zu
erfüllen hatten, und den es zu
unterbinden galt …

Und …?

Von der Magie wussten sie nichts,
Meister.
Da bin ich mir ganz sicher. Kein Wort
von Magie …

Ihre Schule war das Albert-Schweitzer-Gymnasium in Klein Borstel.

Und der Friedhof war ihr Friedhof.

Saskia und SuZa wohnten nördlich des Friedhofs. In Wellingsbüttel.

Saskia, deren Eltern Ärzte waren.

SuZa, deren Vater an der Börse jonglierte.

Kevin aus Steilshoop.

Nikk wohnte direkt gegenüber des Jüdischen Friedhofs.

Nikk, ja, Nikk - war der Friedhof.

Eigentlich ... gehörte der Friedhof ihm.

Ja – nein – eigentlich gehörte der Friedhof den Toten. Aber Nikk ...

Sein Vater war Friedhofsgärtner. Seine Mutter auch. Und arbeitete ehrenhalber im Friedhofsmuseum. Ein Onkel war Steinmetz, eine Tante arbeitete in der Friedhofsverwaltung.

Und Nikk ... so war das ... genau ... wie sollte es anders sein. Es war in ihm drin.

Außenseiter?

Irre?

Verrückte?

Autisten?

Hachiro, du hast mich nicht
enttäuscht ...
Kein Wort von Magie, da bist du dir
sicher?

Meister ... Ja.

Das wird uns einen Vorteil
verschaffen.
Genügen wird es nicht.
Wir müssen ihrer habhaft werden.
Koste es, was es wolle ...

Meister ...

Ich muss nachdenken.
Morgen früh, Hachiro.
Halte dich bereit ...

Es geschieht alles was möglich ist. Die
Geschichte des Lebens ist lang. Selbst die
Geschichte des menschlichen Lebens ist
lang genug, dass alles geschehen kann.
Und es wird geschehen.

Besonders einfallsreich ist der Mensch,
wenn es darum geht sich und
seinesgleichen zum Tode zu befördern.
Es steht fest, dass es Schmerzen gibt,
die alles übersteigen.
Es steht fest, dass es Abgründe gibt,
deren Tiefe unauslotbar bleibt.
Und es gibt Erinnerungen …
Hoffnungen gibt es keine.
Aber Visionen, oh, von solcher Macht,
dass alle Schmerzen schweigen.

Hachiro!

Meister ... Ja ...

Ich habe mich entschieden.
Ich entsende dich zum Herrn der
Fleischtöpfe.
Wirf dich ihm zu Füßen. Entbiete ihm
meinen untertänigsten Gruß.

Meister ...
der Herr der Fleischtöpfe ...!!!

Nur er wird helfen können. Nur er
wird wissen, wohin die Magie sie
entführte.

Meister ...!!!

Ich weiß, Schüler, ich weiß. Frage ihn
nach seinem Preis. Und nun geh – geh!

Was ein Schwein, dass wir ihn gefunden haben, sagte Kevin.

Wenn ich nicht auf die Toilette gemusst hätte ... flüsterte SuZa.

Aber wieso haben die Mörder ihn ausgerechnet hier in der Kapelle abgelegt? fragte Saskia.

Der oder die Mörder ...

Richtig.

Aber was heißt denn Mörder, ich meine – er war ein Zombie, wir kennen ihn doch alle ...

Genau.

Und genau das gibt mir zu denken. Wer kommt denn auf die Idee einen Zombie umzubringen. Und vor allem, wie stellte der Mörder ...

... oder die ...

das an?

Das ist äußerst mysteriös, das Ganze. Ihr wisst es doch so gut wie ich. Man hätte ihn erschießen und vierteilen können, das hätte nichts gebracht.

Sag mal, SuZa, du hast doch mal was über ihn geschrieben. Kannst du uns das nicht nochmal vorlesen, vielleicht ergibt sich ja was?

SuZa kramte ihr iPhone raus. Moment …
sagte sie … scrollte … hier … der Friedhof
…

Der Friedhof war wie immer. Ein Friedhof.
Tags ist es sehr angenehm. Alles frisch
gepflegt, ein sauberer Geruch, Sonne darf
sein, Engelstatuen, ein Krematorium im
Zuckerbäckerstil, mehr Engelstatuen,
Efeu, Farne, Rhododendren. Nachts denkt
man zu viel. Da sind Schatten. Und die
Schatten bewegen sich. Aus den Schatten
kommt ein Zombie auf dich zu. Du weißt,
dass es ein Zombie ist. Er wohnt im
Mausoleum der Mühltanns. Obwohl er kein
Mühltann ist. Er ist ein Overbeck. Sie
haben sein Grabmal weggeschafft. Da ist
er bei den Mühltanns untergekommen. Du
kennst ihn. Du denkst zu viel. Du weißt,
dass er gefährlich werden kann. Er will es
nicht, aber er ist es. Du denkst zu viel. Du
kennst ihn doch. Du weißt, wie du ihn zu
nehmen hast. So viele Nächte bist du ihm
begegnet. Wie er aus den Schatten trat.
Du denkst zu viel …

Tja, das hatte ich irgendwie anders in Erinnerung …

Ich auch, ja. Das bringt uns nicht weiter.

So war er doch auch nicht. Ihr kennt ihn doch. Er hätte keiner Fliege was zu Leide getan. Selbst wenn ihm wer direkt in die Arme gelaufen wäre hätte er nichts gemacht …

Es war ja auch nur so ne Geschichte … versuchte SuZa einzulenken.

Es macht dir doch keiner einen Vorwurf, beruhigte Kevin. Was ich meine ist, wer kommt denn auf die Idee einen so netten Zombie umbringen zu wollen?

Vielmehr, merkte Nikk an, wer kann das? Wer ist dazu in der Lage?

Er ist jetzt richtig tot, ja?

Richtig tot.

Ich muss ihn mir mal anschauen, sagte Nikk, und beugte sich über die Leiche.

Obduktion, sagte Saskia, kniete sich dazu und nestelte an der Jacke des Toten. Guter Stoff. Gediegen.

Ende neunzehntes Jahrhundert, sagte Nikk.

Und ein guter Schneider. Gute Arbeit. Und ein gutaussehender Mann, um das mal so zu sagen. So aus der Nähe betrachtet.

SuZa stupste Kevin an. Der grinste betreten.

Nikk schaute kurz über die Schulter zurück, machte sich dann aber wieder mit dem Herrn Overbeck zu schaffen, dessen Jackett Saskia bereits aufgeknöpft hatte.

Sie deutete darauf hin – ja, auch Nikk konnte es sehen – ein kleiner Einschnitt, auch im Hemd, im Brustbereich.

Seht euch das an, sagte Saskia. Das ist alles.

SuZa und Kevin beugten sich dazu.

Ein Stich in die Brust? SuZa schaute fragend auf.

Nikk nickte.

Kein Katana, oder?

Du meinst …? SuZa war verblüfft.

Doch sowohl Nikk als auch Saskia äußerten sich zustimmend. Was SuZa noch mehr verblüffte.

Kein Katana, sagte Nikk. Doch die haben noch andere Waffen, so eine Art Dolche, für den Nahkampf.

Ein einziger Stich ins Herz …
Jemand, der was davon versteht.
Trotzdem. Da gehört noch mehr dazu.
Magie, flüsterte Nikk. Magie …

Warum hast du ihn getötet?

Weil er ein Ungeist war.

Aber er war nicht böse. Ich spürte
das.

Ich habe ihn erlöst. Er wandelte schon
zu lange.

Das hat Spuren hinterlassen. Das wird
sie nun erst recht auf unsere Fährte
bringen …

Lass es gut sein, Majikku. Natsuko
hat gut daran getan.

Kommt, wir wollen ihn in jenen Tempel
dort bringen …

Kommt, sagte Nikk, wir schaffen ihn nach drüben ins Gebüsch. Und Kevin und ich gehen zur Gärtnerei und organisieren einen Anhänger und eine Plane.

Und dann beerdigen wir ihn ...?

Ja.

Bei den Mühltanns. Im leeren Sarkophag.

Ja. Da hat er ja sowieso all die Jahre über gewohnt.

Ja. So machen wir das.

Ein Glück, sagte SuZa, dass ich was Schwarzes anhabe.

Alle grinsten.

Lasst es uns angehen.

Okay, hoch mit ihm.

Eins, zwei, drei ...

SuZa und Saskia hatten sich im Schneidersitz neben den Leichnam gesetzt.

Saskia kramte eine Mappe aus ihrer großen Umhängetasche und begann sein Gesicht zu zeichnen.

SuZa schaute ihr eine Weile zu.

Du, sagte sie dann, ich glaube, sie haben ihn erlösen wollen.

Saskia schaute auf. Ja, sagte sie, ja, das glaube ich auch.

Was tun sie?

Sie geleiten ihn zur letzten Ruhe.

Sie fassen das sehr klug an.

So, dass niemand etwas bemerkt.

Ob sie wohl …?

Sie werden etwas ahnen …

Was meint ihr?

Sie standen um den Sarkophag herum.

Da lag er nun. Da drinnen.

Ich fürchte, wir werden den Deckel nicht draufbekommen.

Viel zu schwer für uns.

Na, lasst mal, sagte Nikk, ich werde mir was einfallen lassen.

Das muss aber eine gute Geschichte werden.

Nikk grinste. Wird schon.

Ich finde, wir sollten alle ein paar Worte sagen, meinte SuZa, es ist ja doch ein feierlicher Moment. Und irgendwie war er auch einer von uns.

Ja, sagte Nikk, ja, wisst ihr, ich kenne ihn schon sehr lange. Zum ersten Mal bin ich ihm begegnet, da muss ich so Sieben gewesen sein. Es war Winter und früh dunkel. Ich hatte meinen Vater abholen wollen, aber der war schon weg. Also bin auch ich wieder zurück. Durch die Dunkelheit. Schnee lag. Da kam er mir entgegen. Und dann sind wir aneinander vorbei. Er auf der einen Seite des Weges, ich auf der anderen. Beide uns seitlich zugeneigt, wenn ihr versteht, was ich meine, so, ja ...

Und wir haben uns gemustert, jeder den anderen, ganz genau, wie zwei, die voneinander wissen, dass sie bald gute Freunde sein werden. Und ich glaube, er hat sogar gelächelt, ganz leicht, ganz leise ...

Und dann legte Nikk eine rote Rose in den Sarkophag, die hatte er von der Gärtnerei mitgebracht.

Schweigen.
Langes Schweigen.

Ja, sagte Kevin, er hatte so ein ganz besonderes Lächeln, so, als ob er sich für etwas entschuldigen wollte, wahrscheinlich dafür, dass er immer noch da war. Und auch für mich war er ein Freund, ein guter Freund ...
Kevin kramte etwas Zeugs aus seiner Jackentasche, das wie Gras aussah, und streute es in den Sarkophag.

Schweigen.
Langes Schweigen.

Und ein Gentleman, sagte Saskia, ein Gentleman war er auch ...

Wie ich ihm das erste Mal begegnete, da muss ich so Vierzehn gewesen sein. Ich war mit meinem damaligen Freund hier, ja, also, und wir gingen so den Weg entlang, Arm in Arm, da kam er aus einem kleinen Seitenweg, und wir sind alle erschrocken, alle drei, aber er hat sich als erster wieder gefangen. Und dann ist er auf mich zu gekommen, und ich hatte überhaupt keine Angst mehr, und dann hat er meine Hand genommen und hat mir einen Handkuss gegeben, so einen richtig schönen altmodischen Handkuss, und er hat gelächelt, ja, dieses besondere Lächeln von ihm ... danach habe ich mit meinem Freund Schluss gemacht, äh ...

Und dann holte Saskia wieder ihre Mappe aus der Umhängetasche, wählte eine der Skizzen aus, die sie von dem Toten gezeichnet hatte, und legte sie in den Sarkophag.

Schweigen.
Langes Schweigen.

SuZa trat vor. Sie stellte sich an die Seite des Sarkophags, wo sie das Gesicht des Toten sehen konnte. Eine ganze Weile schaute sie ihn an. Dann begann sie zu singen ...

And I know it´s over

still I cling

I don´t know where else I can go

it´s over, it´s over, it´s over

I know it´s over

and it never really began

but in my heart it was so real

...

Sie sang mit weicher, wohlklingender Stimme.

Schweigen.
Langes Schweigen.
Nikk räusperte sich.
Danke, sagte er. Das war schön.

Er war bestimmt Wagnerianer, sagte Kevin.

Saskia schüttelte ihre blonde Mähne.

Den Walkürenritt hätten wir wohl kaum hinbekommen, murmelte SuZa mokiert.

Ignorier ihn einfach. Sagte Nikk.

Kevin merkte wohl was.

Tut mir leid, sagte er, ehrlich, war echt blöd von mir, ehrlich, glaub mir, es war genau der richtige Song, der Text und so ... alles ... echt blöd ... tut mir leid ...

Okay, sagte SuZa, vergessen, ja?

Danke, sagte Kevin. Wisst ihr was, ich hab Gras dabei, wie wärs, wollen wir an den See gehen und was rauchen?

(_ ^ _) - (_ ^ _)

Erbarmen, Meister. Ich …

Du fürchtest dich?

Ja, Meister, ja …

Und zurecht.
Doch bleibt uns keine Wahl.
Sind sie durch magische Kraft
entkommen, dann muss er es erfahren.
Und je eher er davon erfährt, mit
umso größerer Sicherheit wird er der
Spur folgen können.

Ja, Meister, ich verstehe …

Nun geh, Hachiro, geh …

Es wächst kein Gras mehr, wo dieser Fuß

die Erde berührt.

Wo dieser Körper ruht

ist Dunkelheit

wo dieser Körper ist

absolute Finsternis

wenn es denn ein Körper ist

vielerlei Gestalten Körper

dessen sich zu besinnen

welches sein Körper sei

Scheiße!

Scheiße! Scheiße! Scheiße!

Hachiro stapft durch den Schnee.
Einen hohen Berg hinauf.

Sie lagen im Gras. Am Nordteich. Unterhalb vom Stillen Weg.

Sie lagen im Gras und ließen den Joint rumgehen.

Wir müssen reden, sagte SuZa.

Und wie, sagte Saskia.

Die Sieben ... die Acht ... murmelte Nikk.

Wie? Was? Ich versteh nicht ... was für Sieben ... was für Acht ... meinte Kevin.

Ich habe etwas gezeichnet, sagte Saskia. Ich zeige euch das mal. Und nahm ihre Mappe aus der Umhängetasche. Zwei Blätter. Sie reichte sie an Nikk weiter.

Der studierte sie genau. Sieben, murmelte er, Sieben und Acht ...

Was murmelst du da wieder? fragte Kevin, und nahm Nikk die Blätter aus der Hand.

Einmal Sieben und einmal Acht, sagte Nikk.

Hä?

Die Ninjas.

Gesichter.

Ja. Da war ein Wald auf beiden Zeichnungen. Der fast so aussah, wie das Wäldchen hinter ihnen. Fast oder genauso. Und da waren Gestalten. Die lugten aus dem Gebüsch, aus dem Blattwerk, unter den Bäumen hervor.

Zähl nach, sagte Nikk, zähl nach ...

Einmal Sieben, einmal Acht, sagte Kevin. Und? Außerdem sehen die mir viel zu niedlich aus, wenn ihr mich fragt, ich habe sie mir ganz anders vorgestellt ...

Niedlich ...? Saskias Stimme überschlug sich. Ich glaube, bei dir hackts wohl ...

Frieden! sagte Nikk, während SuZa sich die Blätter griff, sie studierte.

Also ... ich finde ja auch, dass die ein bisschen zu ...

Hört bloß auf!

Frieden! sagte Nikk noch einmal. Das lasst mal Saskia zeichnen, wie sie das für richtig findet.

Saskia sah erstaunt auf. Nanu, dachte sie, noch ein Gentleman ... und außerdem waren die gar nicht niedlich ... niedlich, pffft ...!

Aber das ist jetzt auch egal ... die Sieben und die Acht ... wie bist du auf die Idee gekommen einmal sieben Ninjas zu zeichnen und einmal acht?

Einfach so. Du hast doch erzählt, dass sie da sind, und sie deutete mit dem Daumen hinter sich, zum Wäldchen am Stillen Weg hin, und ich hatte einfach Lust darauf, ist doch ein schönes Motiv, der Wald, und die Gestalten, in den Bäumen, im Gebüsch ... Ich habe sie die Wächter getauft.

Die Wächter ... interessant ... ja ... aber warum einmal Sieben und einmal Acht, das hast du doch nicht aus Zufall gemacht, oder?

Nein, hab ich nicht, es war einfach so eine Idee von mir, eine ... eine Eingebung, es kam einfach so über mich ...

Versteh ich nicht, meinte Kevin, was soll denn daran so wichtig sein?

Wichtig ist, sagte Nikk, dass ich genau dasselbe gedacht habe. Es sind Sieben, aber es sollten Acht sein, glaube ich ...

Glaubst du, glaubst du ...

Mehr kann ich doch auch nicht sagen ...

Vielleicht haben sie einen verloren. Unterwegs.

Als sie verfolgt wurden ...

Als sie hierher katapultiert wurden. Durch diesen Zeitriss, oder was auch immer das war.

Wir werden es herausfinden.

Wenn sie da sind ...

sie sind da ...

... werden wir es herausfinden.

Wenn sie da sind, müssen wir sie finden. Ich meine – niemand kennt sich besser auf dem Friedhof aus als wir, das wäre doch gelacht ...

Das sind Ninjas, die findest du nicht. Verstecken, tarnen, anschleichen, das haben die von klein auf gelernt, die findest du nicht, DIE müssen den ersten Schritt tun ...

Ich weiß nicht, ob mir das gefällt ...

Das ist Banane, absolut ...

Wir werden es herausfinden, so oder so ...

Wir werden WAS herausfinden?

ALLES!

Super.

Und was ist mit dem Drachen?

Was für ein Drache?

Na, der Drache natürlich.

Ich weiß von keinem Drachen.

Wir alle haben doch an den Drachen gedacht ...

Ich nicht.

Na gut. Alle außer Saskia haben an den Drachen gedacht.

Ich glaube, es war mein Text von der Schlange …

Ausschweifende sexuelle Fantasien …

Du verstehst das nicht …

Der versteht das absichtlich so.

Also entschuldige bitte …

Der Text hatte damit nichts zu tun.

Der Text war der Auslöser.

Danach haben wir doch alle an den Drachen gedacht, oder?

Alle außer Saskia.

Du Arsch!

Oder nicht?

Aber was für ein Drache soll das sein?

Und hat er was mit unseren Ninjas zu tun?

Den Wächtern …

des Drachen …

Warum sollte ein Drache Wächter brauchen?

Kann der nicht selber auf sich aufpassen?

Vorläufig, scheint mir, bewachen die uns …

Wir werden es herausfinden …

Wir wissen unheimlich viel, findet ihr nicht?

Sei nicht so sarkastisch.

Wir werden uns mit der japanischen Mythologie beschäftigen müssen. Vielleicht findet sich da was.

Na, dann mach mal, ich klinke mich da aus.

Na super …

Und jetzt?

Gehen wir nach Hause.

Nach Drachen googeln …

Ich nicht.

Über den Schwarzföhren – ein Wind.

Wie ausgespuckter Brei klebt der Tau

dort – ein Kalvarienberg.

Der Tod ist ein ästhetisches Erleben.

Ach – diese Schönheit

in Einsamkeit und Vergängnis.

Aus dem Nebel windet sich

eine Gespensterschrecke unermesslichen

Ausmaßes.

Wenn der Tod kommt, dann schabt er dir

die Haut ab, Schicht um Schicht.

Bis nichts bleibt.

Ich spüre etwas wie Magie in ihnen.

Etwas wie Magie?

Nichts, was wir kennen. Es ist anders.

Und? Können sie hilfreich sein?

Sie werden hilfreich sein. Es ist
vorherbestimmt.

Auch ich empfinde so, ja ...

Sollen wir uns ihnen zeigen?

Ja!

SuZa ging in Träumen.

Sie war ein Stück weit hinter den anderen zurückgeblieben.

Da trat er unter den Bäumen hervor.

Sie stockte. Staunte.

Dann war er wieder weg.

Sie rannte den anderen hinterher.

Leute! Hey!

Sie drehten sich um.

Sie erzählte.

Dass er unter den Bäumen hervorgetreten sei. Wie sie träumend ging.

Ein ganz kleiner. Mit schwarzer Tunika und schwarzem Stirnband mit roter Schrift.

Ganz wie Nikk das beschrieben hatte.

Und da stand er.

Und dann hat er seine Handflächen zusammengelegt und sich ganz tief verbeugt.

Wie man das in Japan eben so machte.

Und wie er wieder aufblickte, habe sie sein Gesicht gesehen. Ein gewitztes Gesicht mit einem verschmitzten Lächeln darin.

Sehr sympathisch.

Und plötzlich war er weg.
Wie vom Erdboden verschluckt.
Na also, sagte Nikk.
Es geht los, sagte Kevin.
Sieht ganz danach aus, sagte Saskia.

Der Herr der Fleischtöpfe ist so alt
wie die Welt. Und wenn sich diese
Welt überlebt hat, wird er zweifellos
eine andere finden.
Mit anderen Worten:
Der Herr der Fleischtöpfe ist ein
Urwesen.
Er wurde nicht geboren – er war.
Er lebt nicht – er ist.
Er stirbt nicht – er wird immer sein.
Er, der mit Kuni no Tokotachi
im Ei saß.
Kein Mythos berichtet davon,
keine Legende.
Doch ist er nicht allmächtig. Es gab
Sterbliche, die ihn bezwingen konnten.
Wenige.
Die ihn ins Nichts stießen.
Für Jahre, für Jahrzehnte.
Was bedeutete ihm das? Nichts.
Er kehrte zurück.
Manche sagen – mächtiger denn je.

Der Drache war müde. Das Reich der Mitte, von endlosen Bruderkriegen zerrüttet, blutete sich aus.

Der Drache war alt. Es gab Inseln, hatte er gehört, jenseits des großen Wassers, Inseln, dort, wo die Sonne aufging, Inseln des Wohlbefindens.

Heiße Quellen sollte es da geben. Heiße Quellen! Balsam für seine vertrocknende Haut. Und der Duft der Azaleen und Chrysanthemen. Frieden. Und Wohlergehen.

Dorthin zogen seine Gedanken. Dorthin zog es ihn.

Es würde ein weiter, beschwerlicher Flug sein. Zunächst über das vom Krieg zerrissene Land. Und dann ins Unbekannte hinein. Weit über das Wasser hin, der aufgehenden Sonne entgegen.

Der Drache war entschlossen. Es sollte sein letzter großer Flug werden. Dann wollte er ruhen. Für lange, lange Zeit.

Der Drache flog über das blutende Land. Seine Seele schwer. Die Heimat verlassen. Das Meer. So weit. Der Sonne zu. Immer zu. Seine Flügel so schwer. Die Kräfte schwanden. Die Hoffnung schwand. Seine

Flügel schwer. Land. Endlich Land. Unter letztem Aufbäumen stürzte er in den Sand. Zum Tode erschöpft.

Acht Kinder fanden ihn. Acht Kinder eines nahen Fischerdorfes. Sie pflegten ihn. Sie benetzten seine Schwingen. Sie brachten ihm Fisch zum Essen.

Der Drache nahm den Kindern das Versprechen ab über sein Hiersein zu schweigen. Die Kinder schwiegen.

Drachen verfügen über Magie. Große Magie.

Wandelst du die Küste entlang, wo ein Drache ruht - du siehst nichts als eine Felsformation. Die du von jeher kanntest.

Wanderst du im Gebirge, wo ein Drache ruht – du siehst nichts als kahlen Fels. Der schon immer da war.

Will ein Drache nicht gesehen werden, wird er nicht gesehen. Wird er nicht verraten. Die Kinder verrieten ihn nicht. Er dankte es ihnen. Er schenkte ihnen Magie. Einem jeden nach seinem Wesen, wie er es erkannte. Vier Mädchen waren es. Und vier Jungs. Jeder bekam seinen, jede erhielt ihren Teil Magie.

Der Drache fragte nach den heißen Quellen. Die Kinder deuteten in die Berge hinauf. Nicht weit dort droben. Sie würden ihn hingeleiten, wenn er wieder bei Kräften war.

Er nannte sie seine Wächter. Und ernannte sie zu seinen Wächtern. Sie. Und ihre Nachkommen nach ihnen.

Scheiße!

Scheiße! Scheiße! Scheiße!

Hachiro schleppt sich den Berg hinab.
Er schlottert am ganzen Körper.
Es ist nicht die Kälte des Berges.
Es ist nicht die Kälte des Schnees.

SuZa saß auf den Stufen, die zum Segnenden hinaufführten. So nannten sie die große weiße Christusfigur über dem Gedächtnisgarten. Nicht weit hinter dem Haupteingang von der Fuhlsbüttler Straße her.

Das war ihr üblicher Treffpunkt, wenn sie nicht gemeinsam zum Friedhof kamen.

Sie waren sich aus dem Weg gegangen. In den Pausen. Selbst wenn sie gemeinsam einen Kurs besuchten. Hatten kein Wort gesprochen miteinander.

Jeder hing seinen eigenen Gedanken nach, sammelte sich. Wenn sie soweit waren würden sie reden. Es war ja doch - unreal real. Dass SuZa einen der Ninjas gesehen hatte war keine Träumerei gewesen. Das wussten sie. Dass es weiter gehen würde wussten sie. Fremd und unheimlich. Beunruhigend. Furcht hatten sie? Ja. Nur wer sich fürchtet besteht Abenteuer. Das ist natürlich nur so ein Spruch um sich zu beruhigen. Auch der Furchtlose kann überleben. Auf das Überleben kommt es an. Konzentrieren wir uns aufs Überleben. Wird es zum Äußersten kommen? Werden Dämonen auftauchen? Sagenhafte

Spukgestalten? Was werden sie mit unseren Helden anstellen? Denn Helden sind unsere Vier ganz ohne Frage. Die Vier. Und die Sieben. Nein: Acht. Also Zwölf. Und wenn sie Helden sind, werden sie es sein, die Dämonenfleisch essen werden? Belassen wir es vorerst bei dieser interessanten Vorstellung.

SuZa saß auf den Stufen, die zum Segnenden hinaufführten, und ritzte sich gedankenverloren den linken Unterarm.
Nikk kam herangeschlendert. Für einen Moment blieb er beim Runge stehen. Schenkte ihm ein Lächeln. Das machte er immer so.
Der Runge - sein Kopf in Stein gemeißelt, ein melancholisch blickender junger Mann, zu früh gestorben, Tuberkulose – versuchte zurückzulächeln. Nikk warf ihm einen weiteren freundlichen Blick zu. Ja, du. Ja, ja.
Dann ging er weiter, setzte sich zu SuZa auf die Treppenstufen. Sie nickten sich zu. Wortlos. SuZa ritzte weiter, Nikk kramte sein altes Galaxy S3 raus, öffnete eine seiner Manga-Apps, blätterte rum,

brummte, schüttelte den Kopf, SuZa ritzte, die Sonne machte sich breit über ihnen.

Der Runge versuchte den Kopf zu drehen. Was ihm bedauerlicherweise nicht gelang. Was ging dort vor auf der Treppe? Ein Aufbäumen gegen die Zeit.

Der Segnende segnete. SuZa ritzte. Nikk brummte. Kein Wort.

Dann sahen sie Saskia und Kevin. Im Gespräch herbeikommend. Nein. Sie stritten wohl. Über die Kunst wahrscheinlich. Das Wesen der Kunst. Was Kunst sei. Kamen herbei. Den Runge missachtend. Setzten sich auf die Treppe. Nun fehlten auch ihnen die Worte. Als ob die Treppe Worte schluckte. Oder Gedanken.

Der Runge versuchte die Augen zu drehen. Was ihm misslang. Der Segnende segnete. Sein Job. Ansonsten war Schweigen angesagt.

Sie schwiegen.
Lange Zeit.
Es ist gut, wenn man Schweigen kann.
Es ist gut, das Schweigen zu brechen.

Okay, sagte Nikk, ich zeigs euch dann mal
...
Er hielt sein Handy hoch, stand auf und kniete sich vor die anderen hin.

Das hier, er deutete auf das Display von seinem Handy, habe ich gestern Abend entdeckt. Vielleicht war es vorher schon da, aber gestern Abend ist es mir zum ersten Mal aufgefallen.

Dieses Bild, Nikk deutete erneut auf sein Display hin, dieses Bild steckte mitten in Naruto drin. Und es gehört da nicht hin. Es hat nichts mit dem zu tun, was in Naruto erzählt wird, gar nichts. Aber mit uns hat es zu tun.

Viel ist ja nicht zu sehen. Ein Typ, der einen Berg hinaufstapft durch tiefen Schnee. Und es schneit auch noch ganz jämmerlich dazu. Und ein paar japanische Schriftzeichen. Ich habe versucht heraus-zubekommen, was da steht. Und ich glaube, es ist mir ganz gut gelungen. Da oben, über der Figur, steht: Scheiße! Und neben der Figur noch dreimal: Scheiße! Scheiße! Scheiße!

Mein Reden, sagte Kevin, der Typ ist mir direkt sympathisch.

Na ja, setzte Nikk ungerührt seinen Vortrag fort, der muss sich wirklich Scheiße fühlen, der Hachiro. So heißt er nämlich. Hier unten stehts: Hachiro stapft durch den Schnee. Einen hohen Berg hinauf. So ungefähr.

Hachiro: das ist ein japanischer Jungens- name, das habe ich nachgeschlagen. Hachiro, das heißt: der Achte. Den Namen hat man früher wohl verwendet, als die Leute noch viele Kinder hatten, wenn einem nichts mehr einfiel, oder um den Überblick nicht zu verlieren.

Aber das ist Nebensächlich. Für uns ist wichtig, dass es der Achte ist, versteht ihr? Der Achte!

Ich habe hier noch ein zweites Bild, das steckt mitten in Astro Boy, wartet ... Moment ... ja, hier – seht ihr, da geht er den Berg wieder runter. Am ganzen Körper zitternd. Und wieder: Scheiße! Scheiße, Scheiße, Scheiße!

Und es gab noch ein drittes Bild, das war aus meinem Traum, wie die sieben Ninjas aus der Nacht purzelten. Ich glaube, diese Bilder sind nur für eine bestimmte Zeit da. Und dann sind sie wieder weg. Dieses dritte Bild jedenfalls ist schon verschwunden.

Diese Bilder sind Botschaften, versteht ihr, diese Bilder sind ...

Magie! Flötete Saskia.

Du brauchst gar nicht sarkastisch zu werden. Es ist Magie, sieh das doch endlich ein. Oder hast du eine bessere Erklärung?

Okay, meinte SuZa, einlenkend, beschwichtigend, wir haben ihn gefunden, den Achten, aber was bringt uns das?

Wie kommen wir an ihn ran?

Oder holen ihn da raus?

Wie auch immer ...

Die Ninjas müssen davon erfahren.

Wir müssen uns Klarheit verschaffen.

Wer weiß. Vielleicht spinnen wir uns das alles nur zusammen ...

Es ist alles denkbar.

Nichts ist auszuschließen.

Wir müssen an die Ninjas ran.

Da draußen ...

Im Hellen werden sie nicht rauskommen.

Also ...

Also werden wir wohl ne Nacht-Session einlegen müssen.

Alles klar.
Ja.
Sagen wir – 10 Uhr?
Ja.

Runge drehte den Kopf. Ja ...?

Ich hatte ihr meine Hilfe angeboten.

Immer und immer wieder.

Sie lehnte ab. Hochmütig. Verschlossen.

Nun liegt sie auf der Heide.

Geschändet. Verstümmelt.

Blutend aus tausend Wunden.

Schicksalsergeben.

Und das Kind?

Ich weiß nicht, was mit dem Kind geschah.

Heute Nacht.

Was meinst du damit, Mizuki?

Heute Nacht werden sie kommen.
Sie haben uns etwas zu sagen.
Etwas sehr Wichtiges.

Du weißt es bestimmt?

Bestimmt.

Gut. Das ist gut so.

Es ist an der Zeit.

Und was ist mit den Drachen?

Unergiebig. Es ist nicht wie bei uns. Keine Geschichten, Märchen, Legenden – nichts. Die Drachen sind einfach da. Wasserdrachen, Himmelsdrachen, Glücksdrachen. Und sie sind immer gut. Aber keine Geschichten. Nur das hier – Nikk kramte an seinem Handy rum – eine Beschreibung:

Er hat den Kopf eines Kamels, die Augen eines Hasen, die Ohren eines Stiers, den Nacken einer Schlange, einen Bauch wie der Frosch, Klauen wie der Adler, Pranken wie der Tiger und Karpfenschuppen. Seine Stimme klingt wie das Schlagen eines Gongs, unter seinem Kinn trägt er eine glänzende Perle, sein Atem sind die Wolken, die den Regen bringen.

Tja. Sehr poetisch. Aber das wars. Und dass die Japaner ihre Vorstellung von den Drachen von den Chinesen übernommen haben. Wie so vieles andere, die Schrift, den Buddhismus, und und … kam immer von Westen her, übers Meer. Aber die Japaner haben dann ihr eigenes Ding daraus gemacht. Aber keine Drachengeschichten. Nein, auch hier nicht. Nichts.

Und doch muss da was sein. Ich spüre es.
Ein Geheimnis ...
Spürst du, spürst du ...
Nun werd nicht gleich wieder ...
Ich glaub, wir sind alle etwas mit den
Nerven runter ...
Irreal real.
Was soll das denn jetzt?
Nur so ...

(_ ^ _)

Meister …

Hachiro! Du schlotterst am ganzen
Körper.
Komm. Nimm einen Tee …

Danke. Meister …

Nun sprich. Wie lautet die Botschaft
des Herrn der Fleischtöpfe?

Meister … er will sich persönlich zu
euch herbemühen …

Sie hat ihn Hachiro genannt.

Obwohl es ihr einziges Kind war.

Und sie hat ihn dem Kloster übergeben.

Bevor sie ihren Weg fortsetzte.

Blinde Männer, die einen Elefanten streicheln.

Ich … ich habe eine Geschichte geschrieben, wandte SuZa sich den anderen zu. Schüchternheit in der Stimme, Verhaltenheit.

Sie wusste nicht, ob es jetzt der richtige Zeitpunkt sei. Irgendwie wusste sie das nie. Und irgendwie war es immer der falsche Zeitpunkt. Und doch auch immer der richtige. Irgendwie. Ein spezielles Talent.

Es ist eine Metapher des Todes. Sagte SuZa.

Na, darauf kommt es jetzt auch nicht mehr an …

Na mach schon, lies vor …

Seid nicht so gemein zu ihr.

Wir sind nicht gemein, wir sind einfach nur fertig.

Sind wir doch alle.

Na, dann gib uns mal den Rest. Nee … komm … ist nicht bös gemeint, wirklich nicht …

Wir werden aufmerksam lauschen.

Okee, wenn ihr meint … ich les dann mal vor …

Der Regenwurm kroch noch ein paar Millimeter näher. Dann teilte er sich. Da waren es zwei Regenwürmer.

Die zwei Regenwürmer krochen noch ein paar Millimeter näher. Dann teilten sie sich. Da waren es vier Regenwürmer.

Die vier Regenwürmer krochen noch ein paar Millimeter näher. Dann teilten sie sich. Da waren es acht Regenwürmer.

Die acht Regenwürmer krochen noch ein paar Millimeter näher. Dann teilten sie sich. Da waren es sechzehn Regenwürmer. …

Nikk saß da, die Knie angewinkelt, die Hände um die Knie geschlungen, den Kopf darin versenkt. Er zitterte, und sein Körper bewegte sich vor und zurück, vor und zurück …

Saskia hatte ihre Ellbogen auf die Knie gestützt und ihren Kopf darin vergraben.

Kevin schauderte. Das ging ewig so weiter. Ewigkeiten. Endlos. Oder?

Gib dein Ding mal her, sagte er, wobei er SuZas iPhone meinte, von dem sie ablas. Und griff gleich zu. Und scrollte … scrollte

… endlos … unfassbar … das ging endlos so weiter. Er schüttelte sich und reichte das Handy zurück.

Hör auf, sagte er, hör auf … erzähl uns den Schluss.

Der Schluss? SuZa schaute auf, wie wenn sie gar nicht da wäre.

Sie kriechen auf dich zu, sagte sie, und du bist ganz starr. Und mit jedem Millimeter erstarrst du noch mehr. Ganz langsam. Millimeterlangsam.

Und dann? Fragte Kevin.

Zum Schluss sind sie alle über dir. Sie bedecken dich. Verstehst du? Millionen und Abermillionen von Regenwürmern, die dich einhüllen. Ganz langsam. Sie ersticken dich.

Schweigen.
Langes Schweigen.

Ich glaube, ich verstehe was du meinst, sagte Saskia, hob ihr Gesicht auf und strich sich mit beiden Händen das Haar zurück.

Wir alle verstehen das.

Aber wir wissen es nicht. Nein.

Nein, sagte Nikk, nein, wir wissen es nicht.

Aber eines weiß ich genau, sagte Kevin. Wir werden es nicht dazu kommen lassen.

Nein, sagte Nikk, nein, das werden wir nicht.

Auf gar keinen Fall, betonte Saskia.

Niemals. Sagte SuZa. Und versuchte zu lächeln.

Also ...

Wie war das? 10 Uhr?

Ja.

Hier?

Wie üblich ...

Sie standen auf. Schlenderten in Richtung Ausgang zurück.

Nikk stellte sich noch für einen Augenblick zum Runge hin.

Saskia blieb neben ihm stehen.

Der Runge versuchte zu lächeln. Brach ab.

Saskias prüfender Blick schreckte ihn.

Werden wir uns ihnen mitteilen
können?

Dieser Junge mit dem unsteten Blick.
Er ist ein Medium.

Ich ahnte es.

Er versteht uns. Wir verstehen ihn.

Und die anderen?

Werden auch verstehen.

Durch ihn.

Dämmerung

Irrsinn

Verwirrnis

Unschuld wird gefressen

ein Horn

singe von

ich gebe dir alles

jetzt

befreie dich

von deiner Freiheit

die du nie gesehen

gib

mir

alles

dich

jetzt

Süßkirschenmund

such mich

ich begleite dich

in deine Alpträume zurück

öffne deine Lippen

deine Augen

steck mir deine Zunge raus

Spinnenweibchen

ich reiße dir die Beine aus

im glücklichen Haus

uuuh uuuh uuuh

was bin ich böse

uuuh uuuh uuuh

so böse

das ist der Geschmack des Lebens

die Hilfe

lass mich dir helfen

in Liebe

uuuh uuuh

ich bin so böse

du sagst kein Wort mehr

dein Leben

uuuh uuuh

es ist vorbei, vorbei

aus, aus und vorbei

uuuh uuuh

Ich habe eine große
Dummheit begangen!

(der alte Zen-Meister
kämpft mit den Tränen)

Und jetzt?

Jetzt gehen wir einfach die Cordes-Allee entlang.

Zu hell.

Zu offen.

Zu viel freie Fläche.

Na schön. Dann eben quer durch.

Von den Feuerwehrgräbern auf den Garten der Frauen zu. Was meint ihr?

Ja, das ist okee …

Eines so gut wie das andere. Die werden uns schon finden …

Überall.

Also denn …

Take me out tonight

where there´s music and there´s people

who are young and alive

Ich bin angekommen.

Der Engel hatte seine Arme ausgebreitet

und ich war da.

Ich konnte ihn schon von ganz weitem

sehen.

Er stand auf einem Hügel über dem

Friedhof.

Da fiel ein Schuss. Dann noch einer.

Der Engel sank auf die Knie.

Schmerz im Gesicht.

Er sank in sich zusammen.

Die Flügel brachen ihm.

Er war tot.

Ich ging zu ihm hin.

Ich beugte mich über ihn …

In den Schatten stehen Lichter

du siehst sie nicht

sie drehen sich

- und du siehst

Jedes Mal

wenn ein Blick auf dich zu kommt

entgehst du dir

dich

eingedenk

deiner selbst

Meister ...

Herr, es ist mir eine Ehre ...

Wir haben uns lange nicht gesehen.
Ihr seid alt geworden.

Alt und kein Stück weiser.

Aber ihr seid um eine Erfahrung
reicher.

So könnte man es sehen ...

So sollte man es sehen.
Lasst uns offen sprechen ...

Wie immer, Herr ...

Anbrechende Dunkelheit. Auf dem Friedhof. Wer es nicht kennt, wird nicht ohne Gänsehaut davonkommen.

Ich empfehle, es auszuprobieren. Es gehört – wie so vieles – zum Leben dazu. Und ist mehr als das meiste.

Für unsere Vier war es ein bekanntes Gefühl. Und doch – neu. Ein Gang ins Ungewisse. Hin zu einer Begegnung, von der nichts abzusehen war. Das war, was sie beunruhigte. Beunruhigt hatte. Den ganzen Tag. Den Abend.

Und nun ...? Gingen sie. Dem entgegen.

Sie ist bleich, dachte Kevin. Sie ist so bleich. Ihr Gesicht ist so bleich wie ihr Haar. Bleich steht ihr.

SuZa dachte sich eine Million Regenwürmer herbei.

Saskia dachte an einen schwertschwingenden Hünen, der sich bewegte wie Nurejew.

Sie sollte ihn nicht bekommen.

Nikk dachte an seine Aufgabe. Er konzentrierte sich. Er versuchte sich zu konzentrieren. Er konnte sich an keine Aufgabe erinnern. Da war aber was. Er versuchte sich zu konzentrieren. Aber da waren Millionen von Regenwürmern. Er war gestürzt. Wie hatte das geschehen können? Er lag da. Konnte sich nicht mehr bewegen. Und die Regenwürmer krochen auf ihn zu. Teilten sich. Krochen auf ihn zu. Nein! Das durfte nicht geschehen. Nie. Niemals. Er hatte eine Aufgabe. Die es zu erfüllen galt. Bewegen. Bewegen. Vorsichtig. Schritt für Schritt. Vorwärts. Voran.

Nurejews Körper. Bewegung. Eleganz. Tänzerische Eleganz. Gleiten. Dahin.

Woran denkt sie? Wo sind ihre Gedanken? Bei mir nicht. Nicht bei mir. Ich hatte mal ein Mädchen, die hat allen Höhepunkten, die sie jemals hatte, poetische Namen gegeben. Der, den sie mit mir hatte, nannte sie silberner Sternenfuchs. Ist das nicht süß? Einer? Ja ... nun ... immerhin ... Vergessen.

Schwarz. Schwarz. Nacht. Schwarz. Schatten. Schatten unter den Bäumen. Die Schatten bewegen sich. Scheinbar. Nein. Da ist nichts. Nicht das Geringste.

Sie waren da. Am Frauengarten. Was dachten sie? Dass es hier geschehen müsse? Es konnte überall geschehen.

Es geschah hier.

Sie traten unter den Bäumen hervor. Sieben. In einer Reihe. Sieben dunkle Gestalten aus der Schwärze der Nacht.

Sie verbeugten sich. Die Hände zusammengelegt.

Es sollte also sein. Auch die Vier traten näher.

Die Ninjas waren allesamt klein. Viel kleiner als die Vier. Kein Hüne. Sie trugen auch keine Schwerter, Katanas, weder auf dem Rücken noch in ihren Schärpen an der Seite. Nicht ein Schwert! Keine offensichtliche Bewaffnung. Sieben kleine, dunkel gekleidete Gestalten. Durchaus nicht alle in Schwarz. Da waren auch dunkelblaue oder dunkel rostbraune Töne in ihren Gewändern. Sie waren – ja – eine Enttäuschung. So empfanden es wohl alle Vier. Nichts stimmte mit dem Bild überein, das Nikk gezeichnet, nichts mit dem, wie es jeder für sich wohl ausgemalt hatte.

Aus der Reihe der Ninjas löste sich eine zierliche Gestalt. Ein Mädchen in nachtblauem Gewand mit den Gesichtszügen eines Engels. Das war, wie Nikk es empfand. Er vergaß die Regenwürmer. Er hatte eine Aufgabe zu erfüllen. Er trat vor. Er trat ihr entgegen.

Nun standen sie dicht voreinander. Sie schaute Nikk in die Augen. Er verging.

Wir sind Sieben. Shinobi no mono aus Kokashi. Wir sind Fremde hier. Wir sind hierher verschlagen. Wir bitten um freundliche Aufnahme. Mein Name ist Mizuki. Die Namen meiner Freunde - sie wies hinter sich - lauten Ayaka, Majikku, Natsuko, Akito, Daichi und Kenchin.

U ... und ich bin Nikk, stotterte Nikk.

Und dies sind SuZa, Saskia und Kevin, sagte sie mit einem Lächeln, wir freuen uns über die Ehre des Kennenlernens ...

Der Engel ist tot.

Jetzt erst wird es mir richtig bewusst.

Jetzt erst tritt es mir mit aller

Deutlichkeit vor Augen.

Trifft meine Augen.

Der Engel ist nicht mehr.

Sie haben ihn erschossen.

Wer? Sie?

Wer sind sie?

Wer sind sie, die das getan haben?

Vielleicht war es ja ein Einzeltäter.

Einer, der im Anstand gesessen hat.

Auf Engel.

Vielleicht hat er sich frühmorgens

noch liebevoll von Frau und Kindern

verabschiedet.

Ich gehe heute auf Engel, hat er gesagt.

Dann verstaute er die Büchse auf dem

Rücksitz des Wagens.

Fuhr los. Auf Anstand.

Ihr fragt nicht nach Gut, ihr fragt nicht nach Böse. Ihr wirkt zum Wohle eurer Bruderschaft.
Doch diesmal habt ihr euch die Frage vorgelegt …

Ja.

Ja. Und wie lautete eure Antwort?

Böse.

Nein. So einfach ist es nicht. Ihr habt eine Entscheidung getroffen, die nicht richtig war. Doch wie hättet ihr es im Vorhinein wissen sollen. Es war ein ganz normaler Auftrag. Er wurde an euch herangetragen. Ihr habt ihn angenommen.

Und wir haben ihn nicht erfüllt.

Ihr habt ihn nicht erfüllt.

... und dann war ein großes Beben. Und es kam eine große Flut. Danach sind unsere Familien in die Berge hinauf gezogen. Das war vor sehr langer Zeit ...

In die Berge hinauf zu den heißen Quellen?

Dorthin. Aus Besorgnis vor einer neuen großen Flut. Und um Wacht zu halten über den Schlaf des Drachen.

Nikk wunderte sich. Immer noch und nach wie vor. Das geschah durch ihn. Das war seine Aufgabe. Die Aufgabe, über die er gegrübelt hatte, als sie durch die Schatten gingen. Bevor die Regenwürmer kamen. Vergessen.
Seine Aufgabe. Er war der Dolmetscher. Nein. Falsch. Sie alle konnten einander verstehen. Aber es geschah durch ihn. Er war wie eine Übersetzer-App, ja, genau, so funktionierte das. Eine Übersetzer-App, die in den Köpfen steckte. Bei allen. Denn alle konnten sich verstehen, das war total irre, irre war das. Das war wie in den SciFi-

Büchern, wo man sich gleich mit irgendwelchen Aliens unterhalten kann.

Okay, Aliens waren das jetzt nicht. Aber fremd waren sie. Auf eine sehr beunruhigende Weise fremd. Auf eine Weise, die er sich nie hätte vorstellen können. Beschreiben konnte er das nicht. Es war zu überwältigend. Sie waren da. Wie wenn sie aus seinem Kopf herausgestiegen wären. Fremd. Und wild. Ja, das war es. Sie waren so ganz anders. Sie ... doch er sollte sich zusammenreißen um das Gespräch nicht zu verpassen, das weitergewandert war, es war wichtig, es war von größter Bedeutung ...

Wir müssen acht sein. Wollen wir den Drachen erwecken. Ja, um ihn überhaupt finden, um ihn sehen zu können, müssen wir vollzählig sein. Also begaben wir uns auf die Suche ...

Dieser Anstand ist ein anderer Anstand.

Kein schickliches Benehmen im Ansitz

auf unschuldige Engel.

Doch: Halt!

Warum sollte der Engel unschuldig sein?

Genauer gesagt – gewesen sein.

Sind Engel grundsätzlich unschuldig

oder können/dürfen

sie auch schuldig sein?

Nun fürchtet ihr den Shogun.
Zurecht.
Doch macht euch keine Sorgen
dessentwegen.

Der Herr der Fleischtöpfe streckte
dem Meister die offenen Handflächen
entgegen.

Der Shogun hat vergessen. Dem
Shogun hätte es keinen Nutzen
gebracht. Seine Macht ist groß und
wird wachsen.
Diese Kinder, die euch entkamen, sie
würden ihm nicht ein Mehr an Macht
beschert haben.
Doch das Wissen, das er aus ihnen
hätte herauspressen können, hätte ein
Gleichgewicht zerstört, das ich
bewahrt sehen möchte.
Viele halten mich für böse.

Der Herr der Fleischtöpfe lachte
heiser auf.

Nein: Alle.
Alle halten sie mich für böse.
Auch ihr haltet mich für böse. Und
sie fürchten mich. So wie ihr mich
fürchtet.
Und das ist gut so.

Damals, in meinem Traum, sagte Nikk, da war dieser Garten, oder Park, und da wart ihr, die mit den anderen kämpften, und es floss Blut, viel Blut, und ihr habt euch gegenseitig umgebracht ...

Es war der Park von 伊勢神宮, den du sahst, dort haben sie uns die Falle gestellt. Doch wir hätten nicht gekämpft, wir hätten uns ergeben. Wir sind keine Krieger. Uns gelüstet es nicht danach im Kampf zu sterben und in Liedern besungen zu werden.
Wir sind Ninjas. Wir wirken im Geheimen, im Verborgenen.

Konfuzius sagt: Sorge nicht, dass andere dich kennen, sorge, dass du die anderen kennst. Danach handeln wir.

Doch sind wir unbedacht gewesen. Wir sind ihnen in die Falle getappt. Wir wussten, dass die Männer des Shogun unser habhaft werden wollten. Doch die uns auflauerten, war die Bruderschaft.

Eigentlich sind dies erbitterte Feinde des Shogun. Sie wünschen nicht, dass er zu viel Macht gewinne. Wir wissen nicht, warum sie dessen Werk betrieben. Wir waren unbedacht. Blind sind wir in die Falle getappt ...

Und hätten uns gefangen nehmen lassen. Kämpfen macht keinen Sinn, sterben macht keinen Sinn, wenn es einen Ausweg gibt. Der hätte sich gefunden. Wir hätten auf eine Gelegenheit zur Flucht gewartet. Wir sind Ninjas. Nicht um zu sterben. Zu leben.

Doch dann hat Majikku dieses Tor geöffnet ...

Ja, ich habe dieses Tor geöffnet. Geschaffen, das weiß ich nun, habe ich es nicht. Wer dieses Tor einst schuf vermag ich nicht zu sagen. 伊勢神宮 ist ein alter, ein heiliger Ort. Vielleicht ist es schon seit Urzeiten an dieser Stelle. Und als wir umzingelt waren, als ich fieberhaft nach einem Ausweg suchte, da öffnete ich es. Und es hat uns in sich aufgenommen ...

Und wenn der Täter nun eine Täterin war?

Ein eiskalter Engel.

Der den schuldig/unschuldigen Engel

über den Haufen schoss. Einfach so.

Warum nicht?

Ein Engel dürfte eigentlich gar kein

Geschlecht haben. Streng genommen.

Es haben nur noch kleine Engelchen, die

singend vorüberziehen, gefehlt.

Überall sind Engel männlich.

Sogar in Italien.

Ich glaube, nur dort sind sie weiblich,

wo es gar keine Engel gibt.

Sächlich darf ein Engel natürlich auch

nicht sein.

Isis breitet ihre Flügel aus und beugt

sich über den wiedererwachenden Osiris.

Sie ist bereit zu empfangen.

Dem Engel waren die Flügel abgefallen.

Einfach so.

Als böse zu gelten und darum
gefürchtet zu werden ist wie eine
uneinnehmbare Festung.
Doch will ich euch ein Geheimnis
enthüllen, das ich nur wenigen
Sterblichen je anvertraute:

Ich bin nicht böse.
Oh ... ich bin auch nicht gut.

Ich bin ein Spieler.

Und nun sind wir hier. Gefangene in einer fremden Welt. Aber vielleicht hat es so sein sollen. Eine Prüfung. Wir sind Ninjas, Shinobi no mono. Wir werden nicht klagen. Wir werden versuchen uns darauf einzustellen.

Ja, meinte Nikk, ich glaube auch, dass es so hat kommen müssen. Und dieses Tor in, in ...

伊勢神宮

Ise Jingo. Vielleicht gibt es hier ja auch eines ...

Gesucht habe ich danach. Gefunden habe ich keines, doch du magst Recht haben.

Vielleicht öffnet es sich ja nur in einer Notsituation, wenn man, wie du sagtest, fieberhaft nach einem Ausweg greift.

Mag sein.

Übrigens, meinte Nikk, der, nach dem ihr auf der Suche wart, euer Achter, ich glaube, wir haben ihn gefunden.

Die Bilder sind weg. Aber wir konnten sehen, dass er einen schneebedeckten Berg hinaufstieg. Und dann wieder hinab. Auch er scheint auf der Suche zu sein. Wonach auch immer …

Aber es gibt ein neues Bild, und daraus werde ich nicht schlau. Ich zeige es euch mal …

Und kramte sein Galaxy raus. Suchte, und fand, und zeigte es ihnen.

Die Ninjas betrachteten verwundert das Gerät, das ihnen gereicht wurde. Aber schließlich waren sie Japaner …

Ich bin nicht daraus schlau geworden, um wen es sich dabei handelte, meinte Nikk.

Die Ninjas reichten das Galaxy von einem zum anderen.

Ihre Gesichter erbleichten eines nach dem anderen.

Nikk schaute fragend zu dabei. Auch die anderen Drei aufmerksam.

Und? Meinte Nikk nach einer Weile.

Der Herr der Fleischtöpfe …
Ayaka deutete auf die seltsame Figur am unteren Bildrand.
Und das Kloster, Natsuko wies auf das am oberen rechten Bildrand angedeutete Gebäude, das Kloster der Bruderschaft.
Wie es scheint ist er auf dem Weg dorthin, erklärte Majikku.

Ich verstehe nicht, meinte Nikk, der Herr der Fleischtöpfe …?

Ein Dämon, ein sehr mächtiger Dämon. Er wandelt in vielerlei Gestalt. Und doch ist er immer zu erkennen. Er will es so. Er verbreitet Furcht. Wo immer er auftaucht. Wann immer man an ihn denkt. Furcht. Und doch – Hoffnung. Für uns. Wenn er es sein sollte, der dahinter steckt, wenn er uns haben will, aus welchen Gründen auch immer, dann wird er einen Weg zu uns finden. Und dann gibt es auch einen Weg zurück – für uns.

Ein Dämon? Fragte Saskia zweifelnd.
Das war schon irgendwie klar, dass so was
kommen musste, meinte SuZa.
Als ob ichs nicht geahnt hätte, stöhnte
Kevin, dann gehts jetzt also zur Sache ...

Da fällt mir Swedenborg ein.

Durch die Liebe eines irdischen Mannes

Und einer irdischen Frau entsteht im

Himmel ein geschlechtsloser Engel.

So hat er sich das vorgestellt.

Das leuchtet mir zwar nicht ein,

aber ich nehme es zur Kenntnis.

Und darum bin ich zu euch
gekommen, verehrter Meister.
Ich spiele ein Spiel.
Und ich habe euch eine Rolle in
diesem Spiel zugewiesen.
Ich weiß,
ihr werdet nicht ablehnen,
das werdet ihr doch nicht,
oder ... nein, ihr
seid ein höflicher Mann,
ein angenehmer Mensch,
ihr werdet mir diese Freude
erweisen.
Nehmt es auf euch,
verehrter Meister,
als eine Bürde, die ihr zu tragen habt,
ihr versteht ...?

Und hier ist die Aufgabe, die ich euch
stelle: Findet den Drachen!

There´s a light that never goes out ···

begann SuZa zu summen: **There´s a light**

that never goes out ···

Die Ninjas verstanden das. Auch das.
Sie äußerten ihre Zustimmung.
Es gefiel ihnen.

Wir werden das zu unserem Wahlspruch
machen. Sagten sie. Und gemeinsam mit
SuZa summten sie mit.

Saskia schüttelte den Kopf.
Kevin war sprachlos.
Nikk summte mit.
Sagt mal, SuZa fiel was ein, dieser Shogun,
der da hinter euch her war, wie heißt der
eigentlich?

織田 信長

Oda Nobunaga ... sie blätterte in ihrem
iPhone ... oh ... 1538 bis 1582 ... oh ...

Unsere Vier waren eine Weile wie gelähmt. Die Ninjas stammten aus dem 16. Jahrhundert.

Oh ... sagte Nikk, dem auch nichts einfiel.

Naja, ne ... meinte Saskia dann.

Das kannste laut sagen, sagte Kevin.

Nikk fiel doch noch was ein.

Wo wohnt ihr eigentlich, ich meine, wo seid ihr untergekommen?

Kenchin wies auf den alten Wasserturm, der zwischen den Bäumen schimmerte.

Oh, meinte Nikk beeindruckt, keine schlechte Wahl.

Und wisst ihr was, sagte er, ich finde, ihr braucht euch nicht mehr zu verstecken, tagsüber. Wenn dieser Herr der Fleischtöpfe sowieso kommt und euch sowieso findet, dann ist es sowieso egal. Ich meine, mehr als ein paar schiefe Blicke wird es nicht geben. Na und. Das Zauberwort heißt Cosplay. Er wandte sich den Dreien zu, in besonderer Weise, deutete auf die Sieben und sagte: so wie sie da sitzen könnten sie direkt aus Naruto entsprungen sein, aber Original.

Saskia blickte erwartungsgemäß skeptisch.

Doch SuZa und Kevin äußerten Einverständnis.

Schön, sagte Nikk, dann treffen wir uns morgen Nachmittag wieder, wo? Hier. Ja?

Wir bringen was zum Picknicken mit, sagte SuZa, warf einen Blick auf Saskia, die ihr Zustimmung nickte.

Das wird nicht nötig sein, sagte Mizuki.

Wir wollen euch einladen.

Wir bereiten 緑茶.

Und einige Kleinigkeiten zum Essen.

Schön, sagte Nikk, sehr schön.

Die Leute stehen wartend an der

Bushaltestelle.

Auf dem Weg zur Arbeit oder ins

Leichenschauhaus.

Es ist mir egal!

Ich habe eine Aufgabe zu erfüllen.

Begrabe ihn

geh zu der Stelle hin

begrabe ihn.

Nimm die Schaufel zur Hand

und siehe –

es ist nicht ganz einfach

sich selbst zu erkennen.

Dann sah ich eine Walküre

niedersteigen

den Engel aufzuheben.

Man hilft sich

wo man nur kann.

Ein Engel stirbt nie.

Oh, und noch etwas, verehrter Meister.
Ihr habt mich um Hilfe ersucht.
Ihr wisst, dass dies einen Preis verlangt.
Dieser Junge, den ihr mir sandtet ...

Hachiro ...

Hachiro ... ja ... ich werde ihn an mich nehmen.

Herr ...

Oh, der Herr der Fleischtöpfe lachte heiser auf, ich werde ihn nicht in die Fleischtöpfe stecken, wenngleich ...

Herr ...

Lasst es gut sein, verehrter Meister.
Denkt ihr an eure Aufgabe:
Findet den Drachen ...

Kevin auf dem Heimweg.

Ich muss Hölle aufpassen, dass ich mich nicht in sie verliebe.

Wie bleich sie war. So schön. So bleich.

Und auch Nikk muss Hölle aufpassen.

Ein Ninja-Mädchen aus dem 16. Jahrhundert.

Das kann nicht gut gehen.

And if a double-decker bus

crashes into us

to die by your side

is such a heavenly way to die

Und Hachiro …

Denkt vielleicht auch mal jemand

an Hachiro …

Oh ja – ich denke an ihn.

Einen Drachen suchen
ist beinahe genauso schwierig
wie einen Ochsen
suchen zu gehen.

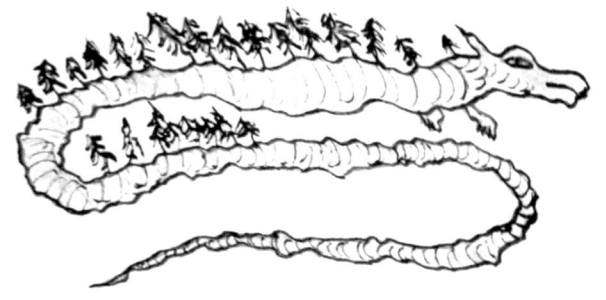

Wenn der Dicke lacht
sind alle glücklich.

Der Dicke stand vor dem Eingang zur
großen Halle.
Schmallippig. Ernsten Blickes.
In sich gekehrt.
Doch nun ... lachte er.
Er hatte seit Menschengedenken
nicht mehr gelacht.

Ein Zeichen ist ein Zeichen, wenn
du es für ein Zeichen hältst.

Ein leises Lächeln zog dem Meister
um die Mundwinkel.

Sieh unter deine Füße.
Sieh nicht anderswohin.
Hier vor deinen Augen bietet es sich
dar.
Halte ein.
Benenne den Augenblick.
Halte ihn fest in deinen Gedanken.

Genau so.

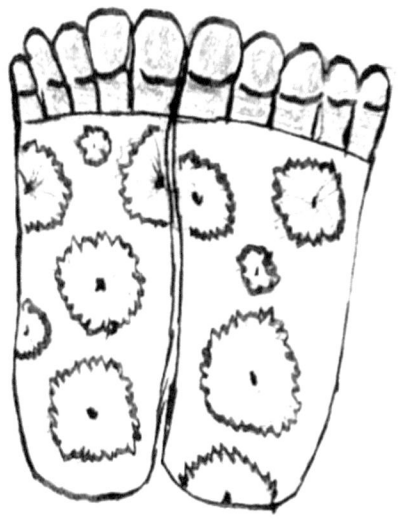

Der Weg geht.
Der Weg geht in sich.
Der Weg geht in sich selbst.
Der Weg geht in sich selbst ein.

Ihr müsst mir helfen, gute Frau.
Bitte ...

Acht müssen es sein.
Um ihn zu finden.
Um ihn zu erwecken.

So also ...

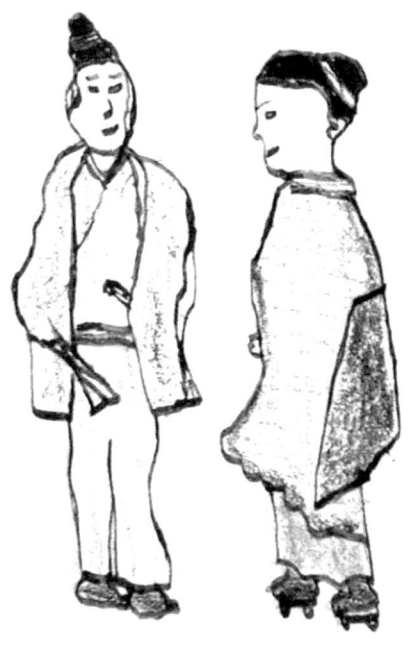

... werde ich gehen.
Dort hinauf.

Die Berge sind hoch.
Die Berge sind weit.

Je weiter, je besser.
Je höher, umso mehr.

Finde den Drachen ...
hat er gesagt.

Ich sage: Finde den Drachen.
Und erwecke ihn.

Wer wissen will, wie Reis schmeckt,
muss Reis essen.

Mein Finger weist auf die Nasenspitze.
Doch meine Augen starren auf den
Finger.

Ich bin da.
Erwecke mich.

Ich danke dir, mein Freund.

Siehst du dieses Tor?

Ja, Herr.

Du wirst dieses Tor öffnen.

Ja, Herr.

Und du wirst es durchschreiten.

Ja, Herr.

Guter Junge.

Einst fragte ein junger Mönch, der kürzlich erst ins Kloster eingetreten war, den großen Meister: Herr, könnt ihr mich unterweisen?

Hast du gefrühstückt? fragte der Meister zurück.

Ja, Herr, entgegnete der Mönch.

Dann spüle deine Schale aus, erwiderte der Meister.

Seht ihr!?

Wascht euer Geschirr ab.

Es darf auch mit einer Spülmaschine sein.

Sage ich.

Die Vier kamen und staunten was die Sieben an Kannen, Tiegeln, Porzellan samt Inhalten und sonstigem Zubehör auf der Wiese vor dem Wasserturm angehäuft hatten.

Die Vier bewunderten das Arsenal.

Wo habt ihr das her? Wollte Kevin wissen.

Es gibt viele Nahrungsmittelspeicher hier herum, sagte Kenchin, indem er mit seinem rechten Arm einen großzügigen Bogen von Bramfeld nach Fuhlsbüttel hin beschrieb.

Oh, ja, verstehe ...

Wie, was? Fragte Saskia.

Die räumen Supermärkte aus, ist doch cool ...

Na, ich weiß nicht, meinte SuZa, früher oder später fliegt das auf.

Es wird nicht mehr lange dauern, sagte Majikku. Der Herr der Fleischtöpfe wird kommen. Und, auf Kevins fragenden Blick hin: Nein. Nicht heute. Ich werde wissen, wann es so weit ist. Und ihr werdet uns zur Seite stehen, ja?

Die Vier nickten.

Ja, sagte Nick. Selbstverständlich.

Sie alle schüttelten sich. Innerlich. Schüttelten die Last ab.

Es gelang.

Dann lasst uns mal losziehen, meinte Saskia munter. Wollen wir zum Schmetterlingsgarten, was meint ihr?

Au ja, meinte SuZa, da ist es schön.

Und wir fahren zwei Stationen mit dem Bus. Wir wollen unseren Freunden doch was bieten.

Hey, ja, geile Idee.

Und so fuhren sie mit dem Bus. Was die Ninjas mit stoischer Gelassenheit auf sich nahmen.

Die wenigen anderen Passagiere blickten, wie Nikk vorhergesehen, kaum ver-wundert.

Auf dem Weg zu verstorbenen Ange-hörigen ... um auf den Gräbern Tee zu trinken ... andere Länder, andere Sitten ...

Schwarz ist einfach nur Schwarz.

Wenn aber nur Schwarz ist …

Nichts

Schwarz ist einfach nur Schwarz

sagst du

und siehst nicht die Würmer und

tausend Tentakel

sie greifen sich selbst

und zerwühlen das Schwarze zu

splittrigen Teilen

an denen sie selber verrecken

das Gift hat gewirkt.

Es ist wieder schwarz.

(Lisi Schuur)

Es war einmal mehr ein schöner sonniger Tag. Sie suchten sich ein schattiges Plätzchen unter Bäumen. Wo sie nicht jeder gleich sehen konnte. Musste ja nicht sein.

Die Ninjas hatten in null Komma nix zwei Feuerstellen in Gang. Da war kein Rauch zu sehen. Kein Geruch verbreitete sich. Gelassenheit in jeder ihrer Bewegungen. Gelassenheit im nicht erkannt, im nicht gesehen werden. Beeindruckend.

Während sie da alle am Hantieren waren ergriff Kevin das Wort.

Was hat es denn nun auf sich mit dem Achten, wollte er wissen, wie verhält es sich damit?

Viel wissen wir nicht, erklärte Natsuko. Es sind immer die gleichen Familien, aus denen die Wächter stammen. Und seine Mutter war die Letzte ihrer Familie. Sie wurde schwanger. Von einem durchreisenden Samurai. Niemand hat mit dem Finger auf sie gewiesen. Niemand hat schlecht von ihr geredet. Doch sie war eine stolze Frau, sie hat es als Schande empfunden. Und eines Nachts ist sie aufgebrochen.

Man hat nach ihr geforscht. Doch sie blieb verschwunden.

Sie hat ihr Kind, ihren Sohn, Hachiro genannt, den Achten. Sie wollte einen Hinweis geben. Sie wusste, dass man nach ihm suchen würde.

Für uns, ergänzte Majikku, besteht kein Zweifel, dass er es ist, den ihr saht, auf euren Bildern. Mehr aber wissen wir nicht. Wir standen kurz davor ihn zu finden. Aber ihr wisst ja, was dann geschah ...

und, fügte sie lächelnd hinzu, bevor dich wieder die Ungeduld ergreift: Wir werden warten. Weiterhin.

Ungeduldig bin ich gar nicht mehr, erwiderte Kevin, höchstens, dass ich es kaum erwarten kann euren Tee zu probieren, fügte er höflich hinzu (oder was er für höflich hielt), aber apropos Tee, sagt mal, diese ganzen eisernen Tiegel und Pfannen und das feine Porzellan, das habt ihr doch nicht bei euch gehabt, als ihr aus der Nacht gefallen seid?

Nein. Nein, nein, das haben wir nicht, sagte Kenchin, aber weißt du, dort, wo die Häuser größer werden, und er deutete Richtung Innenstadt, dort gibt es ein sehr großes Haus, das seltsame Dinge beherbergt ...

Sehr seltsame Dinge, betonte Ayaka.

Ja, fuhr Kenchin fort, in der Tat, doch auch einige brauchbare Gegenstände aus unserer Heimat.

Die haben wir uns ausgeliehen, ergänzte Akito mit breitem Grinsen.

Oh, meinte Saskia, oh, oh – die meinen das Museum für Kunst und Gewerbe. Ihr wisst doch, da gibt es dieses japanische Teehaus. Und auch sonst so allerlei Japanisches.

Oh! Oh ja, meinte SuZa, wobei man in dem Falle wohl eher wieder von ´gab´ reden sollte.

Alle Achtung, meinte Nikk, dass die sich nicht erwischen lassen dabei, die müssens echt drauf haben ...

Ja, interessante Freunde, die wir da haben, grinste Kevin.

Derweil der Tee in der Zubereitung war. Und sonstige japanische Köstlichkeiten.

SuZa ihre Rasierklinge zog, sich den Unterarm zu ritzen. Wie immer. Gedankenverloren. Wie immer.

Natsuko nahm ihr die Klinge mit einer leichten Bewegung aus der Hand.

Ich weiß etwas Besseres, sagte sie. Für uns alle. Die Ninjas nickten mit dem Kopf. Ein einfaches Nicken. Sie nickten Einverständnis.

Natsuko ließ sie auf der Wiese vor dem runden Teich einen Kreis bilden.

Nichts ist

wenn man im Nichts ist

Was ist denn Nichts

wenn ich drin ersaufe

weil da nichts ist

mich aufzuhalten

ich bin im Nichts

bin mitten in mir

(Lisi Schuur)

Kuji Goshin Ho nennen wir das.
Neun-Schriftzeichen-Selbstverteidigung.
Es handelt sich um neun Arten die Hände
zu falten, die Finger ineinander zu legen.
Es sind Übungen innere Ruhe zu erlangen.
Während ihr die Hände und Finger bewegt
müsst ihr die Namen der jeweiligen
Schriftzeichen vor euch hin murmeln:

臨
兵
鬪
者
皆
陣
列
在
前

Die Ninjas machten es vor und es sah alles
ganz wunderbar und flüssig aus.

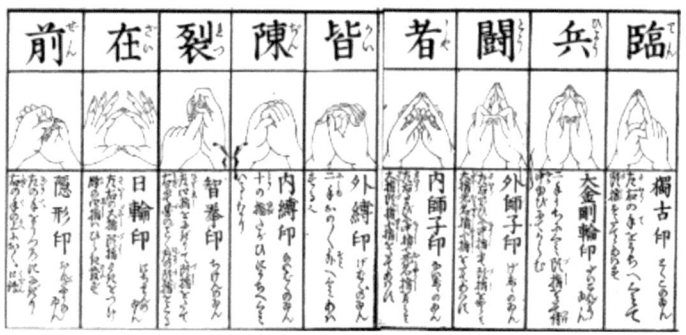

Und dann sollten unsere Vier mittun.

Rin – Byo – Toh – Sha – Kai – Jin – Retsu – Zai – Zen.

Und natürlich verknoteten sich deren Hände und Finger maßlos ineinander.

Was zu stürmischen Heiterkeitsausbrüchen der Sieben führte. Und in einen unbeschwerten Nachmittag mündete. Mit Tee. Und japanischen Köstlichkeiten. Und Gesprächen über – nun ja – Drachen. Und so.

Schwarz

Schwarz

Schwarz

Nacht

Schwarz

er fällt tief

wie in einem Brunnenschacht

die Nacht

ist der Brunnenschacht

er reicht tief

dieser Brunnenschacht

er ist unauslotbar

ist er unauslotbar?

wird er fallen

Hachiro

bis in alle Ewigkeiten

umfangen von

Schwärze

Schwarz

Nacht

Schwarz

Brunnen ohne Wiederkehr

Tiefe der Vergängnis

doch

ja

aber

nein

So verbrachten sie den Nachmittag. Tranken Tee, tranken Sake, aßen japanische Köstlichkeiten (aus welchem Nahrungsmittelspeicher auch immer). Bis zum Dunkelwerden. Dann wuschen sie ihr Geschirr ab im runden Teich.
Im Dunkeln gingen sie zurück.
Zum Wasserturm.
Sie gingen in kleinen Grüppchen. Zu zweit. Zu dritt. Sie unterhielten sich angeregt.
Wie groß ist denn so ein Drache, wollte Kevin wissen.

So groß, sagte Kenchin, und deutete auf den Wasserturm, der in der Ferne schimmerte.

Oh! Sagte Kevin.
Dann waren sie fast da.

Da schrie Majikku auf.
Die Tür, rief sie, schnell, schnell, öffnet die Tür!

Kenchin und Kevin rannten sofort los.

Kenchin zog ein Werkzeug aus seinem Umhang, damit hatte er die Tür im Handumdrehen auf.

Und schon fiel ihnen eine kleine, schmächtige menschliche Gestalt entgegen. Kraftlos. Sie fingen sie auf in ihren Armen. Die anderen sprangen hinzu.

Hachiro!

Riefen sie.
Wie aus einem Mund riefen sie es.

Schwärze quoll aus der Tür.

Sie verging.

Der Herr der Fleischtöpfe lacht.
Was hat der denn zu lachen?

Sie scharten sich um ihn, Hachiro, den Unerwarteten, den Verlorengeglaubten, den Neugewonnenen.

Der war noch ganz benommen.

Ich habe mich geirrt, ich habe mich so sehr geirrt, dachte Majikku verzweifelt.

Er wird kommen, sagte sie laut, heute Nacht noch wird er kommen.

Der Herr der Fleischtöpfe?

Hachiro bekam große Augen.

Du hast ihn gesehen, ja? Fragte Daichi.

Ja. Ja. Er schickte mich durch das Tor.

Siehst du dieses Tor, hat er gesagt.

Ja, Herr. Sagte ich.

Geh hindurch, hat er gesagt.

Ja, Herr. Sagte ich. Und ging hindurch.

Ihm schauderte.

Hypnose, flüsterte Nikk.

Was hast du gesagt? Fragte Majikku.

Hypnose, wiederholte Nikk.

Ja, sagte Majikku, das ist eine seiner Künste. Und beinahe noch die Geringste. Wir sollten nicht so viel reden sondern ihm etwas zu essen und zu trinken geben, äußerte Ayaka streng.

Sie hatte Recht. Alle gaben ihr Recht. Es wurde eine neue Feuerstelle errichtet. Tee bereitet. Sake aufgewärmt. Eine neue Mahlzeit gekocht.

Hachiro erholte sich langsam. Es war zu verwirrend gewesen. Die Reise durch die Nacht.
Und nun das. Sieben neue Geschwister. Auf einmal. Nein. Eigentlich Elf. Und er der Achte und der Zwölfte.

Er erzählte. Sie erzählten. Erzählten sich alles. Was sie wussten. Stellten Ver-mutungen an.
Der Herr der Fleischtöpfe. Was wollte er? Was wollte er von ihnen? Sie kamen nicht vom Fleck. Die Anspannung wuchs. Saskia strich ihr Blondhaar hinter die Ohren. Mal

um mal um mal. SuZa kramte ihre Rasierklinge raus.

Natsuko nahm sie ihr gleich wieder sachte aus der Hand.

Hachiro erzählte. Wie er zum Berg aufgebrochen war auf Geheiß seines Meisters, den Herrn der Fleischtöpfe aufzusuchen. Und erzählte, dass es um Majikku gegangen sei und deren besondere magische Begabung.

Ob es das wohl war? Ob sie es war, derer sich der Herr der Fleischtöpfe bemächtigen wollte? Doch was wollte er von ihr? Was brauchte er die Magie einer Sterblichen? Er, der über alles verfügte. Oder doch nicht? So viele Fragen und keine Antworten.

Sie wussten nicht, was der Herr der Fleischtöpfe dem alten Zen-Meister anvertraut hatte. Ein Spiel. Was für ein Spiel?

Dass er ein Spiel zu spielen gedenke ...

Die Wolken sind grau.

Mittelgraue Wolken, die

unter einem dunkelgrauen Himmel

dahinziehen.

Der Himmel über der Stadt ist niemals

schwarz.

Saskia erbleicht.

SuZa hebt ihre Hände zum Gesicht.

Nikk bibbert am ganzen Körper.

Kevin schließt die Augen.

Nein!

Eingemeißelt.

Er

an dem Tag

der Tag, an dem er ging.

Er hatte sich auf dem Anleger zur

Schleuse ausgestreckt.

Mit der Rasierklinge öffnete er sich die

Pulsadern.

Von unten nach oben.

Die untergehende Sonne schob ihre

goldenen Strahlen über den Fluss.

Mit einem letzten Aufbäumen hat er sich

ins Wasser geschoben.

Und sie?

Wenn sie doch nur …

Ein Wort.

Ein einziges freundliches Wort.

Sie fühlte nichts.

Sie spürte nichts von

Schuld und Verhängnis.

Nikk sprang auf. Immer noch zitterte, bibberte er.

Er kommt, rief er, er kommt!

Mizuki nahm ihn in die Arme.

Es hätte Seligkeit sein können.

Unter anderen Umständen.

Majikku trat hinzu.

Mizuki löste ihre Umarmung.

Majikku legte ihre Arme auf Nikks Schultern.

Ja, sagte sie. Er kommt. Bist du bereit? Wirst du bereit sein. Du musst es. Auf dich kommt es an.

Auf mich?

Ja. Eben habe ich es erfahren.

Wie?

Ich kann es nicht erklären. Es ist so.

Dann war da das Kind,

das sich den Freund erfand,

und immer mit ihm sprach,

nur weil es sich versteckte vor ihm,

fand man es nicht.

Der Gullydeckel war leicht angehoben,

doch führte man es auf die Ratten zurück,

oder vielleicht Herumlungernde.

War es bei Kilometer 7

oder doch schon

bei Kilometer 6.

Für die Leiche spielte

es keine Rolle,

nur der Aufwand des Suchens

verteuerte sich.

(Lisi Schuur)

I am Human and I need to be loved

just like everybody else does

Er kam aus dem kleinen Seitengang, der zum Fußgängereingang Eichenlohweg führte.

Er blieb stehen. Er stand dort unter den hohen Schwarzfichten, inmitten der Rhododendren.

Er hatte sich so postiert, dass der Schein einer Straßenlaterne auf ihn fiel.

Er blieb einfach stehen, seine Hände in den Taschen eines ehedem weißen, nun von Schmutz starrenden Kaftans vergraben. Strähniges, langes Haar, schwarz mit grauen Einsprengseln.

Krumme Nase, schiefer Mund.

Ein schmuddeliger alter Kerl.

Der grinste. Zu ihnen hinübergrinste, die auf der anderen Straßenseite unter dem Wasserturm versammelt waren, die saßen oder kauerten, nun aufstanden, sich ihm entgegenstellten, Aufstellung nahmen, sie alle, ohne dass einer auch nur ein Wort hätte sagen brauchen.

Sie alle wussten, was die Stunde geschlagen hatte.

Aber was?

Dieser erbärmliche alte Mann?

Was konnte der ihnen anhaben?

Alles.

Gehirnfetzen schmeiß ich aufs Papier

Blut lass ich zerrinnen zu Tinte

alles wegen dir, denn

du hast mich gefällt, kleine Frau

hast mit deiner Haut

meine Seele zerschmolzen

alle Schwingungen verdammt

dahin sein lassen

zurückgelassen

den blutleeren See

Fetzen, Worte

Asche zu Asche …

rotzige Schnecken

wie Pestbeulen

kleben sie an meinem Hals

und ich spüre

wie ihr Schleim

meinen Mund beleckt

schmierige Würmer

tummeln sich in mir

schlürfen das Blut

und Schweiß

schlürfen die Kröten

alles nascht

vom verwesenden Rest meiner Träume

huschende Schatten erscheinen mir

Bilder kommen

und das Wissen

allmals ersehntes Wissen

doch zuletzt nur

bin ich in mir

Der Herr der Fleischtöpfe verbeugte sich. Immer noch grinste er. Doch vielleicht war es nur das schiefe Gesicht.

Er vollführte eine kreisende Bewegung mit der linken Hand – und die Straßenlaternen erloschen.

Er vollführte eine kreisende Bewegung mit der rechten Hand – und es wurde alles schwarz. Die Bäume wurden schwarz, auch der graue Himmel über der Stadt wurde schwarz.

Nur der Wasserturm hinter den Zwölf blieb weiß. Ein gespenstisches Weiß, ein sehr gespenstisches Weiß.

Der Herr der Fleischtöpfe grinste. Dann breitete er die Arme aus. Und eine Armee stand hinter ihm auf aus den Bäumen, aus den Büschen. Eine Armee von Samurai. Hunderte. Es drängten immer mehr hinzu. Tausende. Samurai. Die ihre Schwerter hoben, ihre Lanzen schwenkten.

Scheiße, ey, dachte Kevin. Er hatte es aussprechen wollen. Doch es kam nur ein heiseres Krächzen. Er stand wie erstarrt. Auch die anderen standen wie erstarrt.
Stille.
Still.
Mucksmäuschen still.

Ich sehe Kiyomori Taira, flüsterte Daichi in die Stille hinein.
Und Minamoto no Yoshitsune, flüsterte Ayaka etwas lauter.
Benkai, sagte Akito.
Ashikaga Takauji!
Die sind schon alle tot!
Eine Armee von Geistern!
Eine Geisterarmee!

Die Schwerter sehen aber verdammt echt aus. Kevins Stimme war immer noch ein halbes Krächzen.

Das sind sie auch, versicherte Majikku. Doch er wird sie nicht gegen uns richten.

Er spielt nur, brach es aus Nikk heraus, er will nur mit uns spielen …

Uns zeigen, was er drauf hat, stieß SuZa hervor.

Der Mistkerl. Fügte Saskia an.

Die Anspannung ließ etwas nach.

Es geht jetzt erst richtig los. Düster klang Majikkus Stimme. Er fängt erst an.

Die Anspannung kehrte schlagartig um. Legte sich auf die Zwölf. Drückte sie nieder. Lähmend.

Der Herr der Fleischtöpfe grinste.

Der Herr der Fleischtöpfe ließ seine Arme sinken, steckte die Hände in die Taschen des Kaftans zurück.

Die Armee der Samurai schwand. Die Gestalten wurden zu Schatte. Die Schatten wandelten zu Nichts.

Urstände wallen auf

reißen die Zähne mir

und die Knie zum Bauch

Fröhlichkeit stößt mit

Kratzfüßig, verstohlen

Sie schielt zur Zeit

Zähne blecken, wilde Zähne

Spitze, scharfe Zähne

Schlingen irgendwelchen Brei

ich möcht es sehen

aber Schwadendampf und Rauch

zu hoch, zu weit

Brei

nicht Blut

nicht Fetzen gleichen wilden Fleischs

und dann die Fröhlichkeit

behutsam schubst sie mich

ich treibe abwärts nun

nichtsahnend

spüre aber Wunden

feurigheiß und weit

und wieder reißt der Sturm

und – galoppierend – Heiterkeit

ich rieche die Dünstung der Flamme

spreize die Finger

weit von mir, weiter

- Nein! -

aber niemand steht bei

riechen muss ich die Dünstung der

Flamme

Ewigkeit, du Fäulnis der Zeit!

spärlich

versiegend

und endlich vorbei

Sparsamkeit, ahnt es

ist die Wolle der Schlange

mein Blut noch spritzt die Wahrheit aus

verklumpt mit Sand

versagt sich

ungesäumt

Der Herr der Fleischtöpfe kotzte. Ja, wahrhaftig.

Er begann zu würgen und würgen und es waren Regenwürmer, die er ausspie.

Regenwürmer!

Eine sich windende, ineinander ver-schlingende Masse von Regenwürmern. Es wurden mehr und mehr und mehr. Er würgte, er kotzte, er spie sie aus.

Ein Hügel häufte sich an, ein Berg, ein Gebirge von Regenwürmern, wohinter die Gestalt des Herrn der Fleischtöpfe bald nicht mehr auszumachen war.

Ein Leuchten ging von diesem Gebirge aus, ein unangenehmes Leuchten, rot, pulsierend. Die sich windende und ineinander verschlingende Masse von Regenwürmern. Die näherkroch. Sich den Zwölf entgegenbewegte.

Die standen wie erstarrt. Gelähmt. Willenlos. Geblendet.

Lichter gleicher Art flammten auf im Wald umher. Pulsierendes Rot. In langsamer Bewegung.

Wenn sie sich hätten drehen, wenn sie den Willen hätten aufbringen können diese Lichter zu zählen, dann hätten sie wahrnehmen können, dass es elf weitere waren. Sie wussten es auch so. Erstarrt in Schrecken.

Starre.

Stille.

Starre.

Es tut mir leid! Es tut mir so leid!!

Saskias Stimme klang unwirklich laut. Wie sie das hervorpresste. Aus sich heraus. Aus ihrem Innersten. In die Starre, in die Stille hinein.

Es tut mir so unendlich leid!!!

Nikk schreckte auf.

Ja! Das war es. Das musste es sein. Darauf kam es an ... auf dich kommt es an ... Auf mich? Ja. Auf mich. Ich ... ich ...

Eure Handys, schnell, schnell ... holt eure Handys raus ... Er fuchtelte mit den Armen. Er schlug um sich, er rüttelte an Kevins Schultern, SuZas, Saskias ... Ihr, ihr müsst ... schnell, schnell ... fotografieren ... fotografiert es, fotografiert es ... das ... dort ... dort ... schnell, schnell ...

Und sie taten es, wie mechanisch, sie fingerten ihre Handys raus, ihre iPhones, Galaxys, und sie fotografierten, mechanisch, sie taten es ... auch Nikk, er selbst auch ... schnell, schnell ... schaut es euch an ... seht nach ... seht ihr? ... seht, seht ... und lachen ... lachen ... ihr müsst lachen ... reicht es weiter ... sie alle ... wir alle müssen lachen ... lachen ...

Und sie lachten. Alle.

Was sollte es da zu lachen geben?

Die Kröte wars.

Die saß da. Am anderen Straßenrand. Dort, wo der Herr der Fleischtöpfe gestanden, von woher sich das Gebirge der Regenwürmer herangewälzt hatte.

Eine stattliche Kröte.

Man konnte sie deutlich sehen im Schein der Straßenlaternen.

Es war vorbei. Kein unangenehmes rötliches Leuchten mehr ringsum. Die Straßenlaternen waren wieder ange-sprungen. In ihrem matten Schimmer kündeten sie von Normalität.

Stille.

Normalität?

Die Zwölf räusperten sich, schüttelten ihre Glieder, schüttelten den Schrecken ab.

Dann machten sie sich auf. Zur Kröte hinüber. Sie schauten sich an dabei. Ja?

Sollen wir? Sollen wir wirklich? Noch sprach keiner ein Wort.

Dann standen sie um die Kröte herum.

Was sollen wir mit ihr machen? Fragte SuZa. Ein wenig noch schauderte ihr.

Mit ihm. Verbesserte Nikk.

Na schön – mit ihm.

Bringen wir ihn doch hoch zu den Mausoleen. Auf die Wiese, wo das Schicksal den Jungen und das Mädchen abschleppt. Das passt doch. Da hat sies schön.

Er. Er.

Nein, sagte Majikku, trat hinzu und nahm die Kröte in ihre Arme auf. Wir nehmen ihn mit zurück.

Ja, sagte Nikk. Als ob es das selbstverständlichste von der Welt sei.

Ich habe ein Spiel gespielt. Sprach die Kröte.

Und verloren – wies aussieht ... sagte Kevin. Nicht ohne eine Spur von

Gehässigkeit in der Stimme. Er war kein Stück erstaunt, dass die Kröte gesprochen hatte. Ihn schockte nichts mehr. Heute nicht.

Nein, so ist es nicht. Sagte Nikk.

Nein, so ist es nicht. Sagte Majikku.

Wir alle haben gewonnen. Sagte Nikk.

Wir alle haben gewonnen. Sagte Majikku. Und wir werden heute Nacht zurückkehren.

Viele fragende Blicke.

Das Tor ist offen. Sagte Majikku. Und sie drehte sich um. Und alle drehten sich um.

Da stand der Wasserturm. Oder war es ein großer grüner Drache? Oder ein großer grüner Drache, der sich um den Wasserturm wand?

Das Tor ist offen, sagte Majikku, wir werden zurückkehren, wir werden uns von euch verabschieden müssen, jetzt ... sofort ...

Kevin konnte den Blick nicht vom Wasserturm wenden ... vom Drachen ... vom Wasserturm ... vom großen grünen Drachen ...

Kenchin stieß ihm in die Seite.

Nikk konnte den Blick nicht ...
Aber lassen wir das ... es war traurig genug.

Ja, sie würden gehen müssen. Majikku konnte nicht sagen, wie lange das Tor noch offen bleiben würde. Eile war geboten.

Und so nahmen sie Abschied, die Acht und die K. ... nein, der Herr der Fleischtöpfe, und der Drache.

Noch einmal nahmen sie Aufstellung, die Sieben, und der eine, der Achte.

Noch einmal verbeugten sie sich. Und dann gingen sie durch die Tür des Wasserturmes. Einer nach dem anderen. Und dann waren sie fort. Und der Drache war fort. Und es war aus und vorbei.

Da war der Wasserturm. Die Stille des nächtlichen Friedhofes war. Das matte Licht der Straßenlaternen.

Lasst uns gehen, sagte Nikk. Und unterdrückte seine Tränen.

So nach und nach fanden sie sich ein.

Auf der Treppe, die zum Segnenden führte.

Da saßen sie dann.

Immer noch benommen.

War das ein Traum gewesen, letzte Nacht?

Waren die letzten Tage ein Traum gewesen?

Ein ganzer langer Traum?

Wir werden es herausfinden. Sagte SuZa.

Was? Fragte Nikk. Der ganz in Gedanken saß.

Wir werden nach Japan fahren und die Wächter suchen. In den großen Ferien.

Wir?

Ja, wir alle vier.

Oh, meinte Kevin, Bedauern in der Stimme, ich fürchte nur, dass ich mir das nicht ...

Na lass mal, meinte SuZa munter, unsere Eltern bezahlen das schon. Was meinst du, Saskia?

Oh, ja, sagte Saskia, etwas überrumpelt, ja, doch, das geht schon klar.

Na also! Jubilierte SuZa. Dann geht das los.

Du meinst also, dass es immer noch Wächter gibt?

Natürlich. Die Wächter. Und den Drachen. Und wir werden sie finden.

Und wenn die gegenwärtigen Wächter lauter alte Leutchen von um die neunzig sind?

Dann karren wir sie in Rollstühlen die Berge hoch.

Ich denke, das wird nicht nötig sein, sagte Nikk, ich glaube, sie werden immer in unserem Alter sein, denn das ist ...

Magie! Strahlte Saskia.

これで私の話は終わりです